The Monstrous Memoirs of a
Mighty McFearless

打怪家族

✧ 麥無畏的打怪回憶 ✧

阿魅・札帕 (Ahmet Zappa) 著

柯清心 譯

基於種種理由，本人由衷感謝以下的人、地和物：

我的四年級老師Tracy McDonald。謝謝Helen Breitwieser對我的信任，吃素兼怪咖的雕塑家朋友Clay對我的激勵，感謝Chris Angelilli賜給我出書的機會，並讓本書有了更好的呈現。Tanya Mauler和所有其他Random House出版社的仁人君子，由於他們的努力，我才能夢想成真，在此獻上最深的謝意。Brendan Smith, Mr. Snoobles, Keith Lawler, Shea, Jona和Brian Bowen-Smith，謝謝你們的相助，巴黎Studio City的Du-par，感謝你幫忙打理服裝和宵夜。Anna，我的梅妮薇·麥無畏，沒有妳的話，這本書無法完成。Julie, Elio, Luca, Daniel, Scruffy,還有我要對Elena拍拍手；你們的愛與支持，對我意義深長。Valentino的Shon，Nardulli的Carolin，Katlemans的Steve, Janet, Nich和Sara。我的顧問Harris，我父親Frank，謝謝你們跟我分享對怪獸的熱愛；我想念你們。我母親Gail，謝謝她說我是她最愛的詩人。也謝謝我那人丁漸旺的家族，Moon, Paul, little Mathilda, Dweezil Lauren, Diva, Molly, Lizzie, Michael, Mimi, Jim和Katie。感謝No. 8 Maurice Sendak和Apple電腦，謝謝Rosa Valladares照顧我。Aroma咖啡店，地球上最風趣的Tory和可愛的Rose。神秘機器人Isky，我的朋友Jules。Rock Central的Chuck。Niall，跟我鬥劍的哥們，謝謝你成為我書中的一部份。Allison, Harris, Phinneas, Bacon 和Bobby。Jan, Brenna, Jack, Ana Lovelis, Kenny Szatania, Pyrena, Mac Kinley及Draykus Enea。兩隻格斯拉：一隻大塑膠怪獸和我已去世的愛狗。Alice Warshaw，我還欠你幾隻怪獸像；希望這本書能稍做彌補。TuTu，謝謝妳可口無比的葡萄柚蛋糕。Sean Larkin和Candace。David Brady，多謝你總在一旁支持我。Kristen, Devon和Isavanna，Paul與Jerry。「水電工」Tom，Urth coffee, Carmel by the Sea，我的小精靈Wink。

最後最要感謝的，就是本人的神奇老婆了。沒有妳的支持與瞭解，老公絕無可能寫這本書。妳是我最要好的朋友，Selma，我永遠永遠愛妳。

給我未來的孩子。
一想到你，我就眉開眼笑。
我等不及想見你，咬咬你的小腳腳了。

醒醒啊，麥無畏

　　我大概是被屎納哥那長著尖牙、爛ㄅㄅ的臭嘴給熏醒的。或者，是給他那黏不拉搭又轟隆作響的鼾聲吵醒的？沒錯，應該是這樣。那感覺像裝著十二顆人頭的大木桶一路滾下崎嶇山路，轟隆隆的鬧聲在可怕的洞穴裡迴盪不已。

　　不管吵醒我的是哪一樣，反正沒有什麼比打呼的肥屎納哥更令人討厭的。他那像蟋蜴一樣斑斑點點的黃肚皮，隨著呼出的每口惡臭起伏著，那氣味就像用世上最噁的材料做出來的毒蛋奶酥。

　　我的眼睛在適應煙霧瀰漫的黑洞後，發現最糟的還不是屎納哥——我看到爸爸全身血傷地被囚禁在結實的巨大鳥籠裡，籠子就懸在深不見底的熔岩上方。

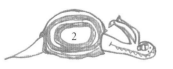

真的非常糟糕。

我提過我老弟麥斯和我也被關在牢實的大鳥籠裡嗎？實在太恐怖了，即使姓麥無畏，我還是必須承認自己很害怕。我得設法趁早脫身，我們一家子的命運正面臨存亡之秋——也許連帶整個世界也是。

冷靜，先深吸一口氣，再用力吐出來。我一定得放輕鬆才行。再深深吸一口氣，我辦得到的，我告訴自己說。

我叫梅妮薇‧麥無畏，住在哨尖鎮搖馬巷1523號。姑娘我十一歲，本領如下：

1. 我能讀寫怪獸語。這可是很厲害的，因為怪獸語是所有怪獸用來溝通的密語，也是地球上最古老的語言。可惜我的怪獸語說得不甚流暢，好像嘴裡含了兩隻餓得半死、為了半罐花生吵翻天的迷你鼬鼠。

2. 我可以單手側翻再側翻內轉，而且一氣呵成。

3. 我真的沒吹牛，我很聰明，而且地理超棒的。我可以把哨尖鎮方圓三百哩內兩百零八個城市，按字母順序一個個說出來。從阿蘋羅尼亞的漂亮廣場，一路念到阿茲魔的鬧鬼山區。需要的話，我還可以倒背嘍。爸爸常說我聰明絕頂得過頭，所以老是惹麻煩。

另一方面，我那個叫麥斯威爾的九歲老弟，則是地球上最令人討厭的小鬼之一。本姑娘可是基於下列充足

的理由才這麼講的：

1. 他喜歡扯我頭髮。
2. 他老是張著嘴吃東西，食物渣掉得到處都是，真是噁心到極點。
3. 他老在我們家後院挖洞，胡亂把我的填充玩具埋

進洞裡。事實上，我家後院已被他改造成恐怖的墓場了。每逢下雨天，就會看到布偶毛茸茸的小手伸出泥濘的墳外。

每次我到後院，就想像它們用可愛卻陰森的聲音對我吶喊：

「妳為什麼不救我們，梅妮薇？妳怎麼可以放任麥斯這樣對我們，梅妮薇？我們做鬼也不會原諒妳的，梅妮薇，永遠不會！」

慘的是，我那惡魔般的老弟還把馬糞混進土裡……我才不要把那些玩偶挖出來呢。我爸說，他會逼麥斯把它們挖出來洗乾淨，可是我好怕糞便裡有細菌。這令我心裡充滿罪惡感，我很想一拳朝麥斯那張大臉揮過去。

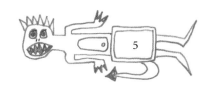

他讓我想愛他都很難，可是我還是很愛他，因為不管好壞，他總是我弟弟，這點是不可能改變的。

不過，我覺得身為姊姊，我有責任對麥斯賞善罰惡，愛與管教兼施，這點我很努力地在做。

此刻麥斯就在我身邊，臉朝下地趴在生鏽的髒鳥籠裡。他鼻子旁兩吋掉著怪獸沒消化的骨渣，以及其他還沒吃掉，散落在這個死囚中的噁心肉塊。

麥斯後腦勺上有個腫包，那是被屎納哥的尾巴掃出來的。我自己的頭蓋骨也腫痛得厲害。如果麥斯的頭有我一半痛的話，他一定會很恨我把他弄醒。

把他用力掐醒。

非常非常用力。

我知道你在想什麼，我怎麼可以這麼殘忍對吧？萬一屎納哥聽到他喊痛，把注意力轉移到我們身上怎麼辦？嗯……問題是……屎納哥是出了名的聾子，而且麥斯也該醒了。

加上我不趁此時報點小仇，更待何時。

「麥斯，醒醒啊！」我把指甲掐進他的嫩肉（就在他腋窩下）裡，悄聲呼喚著。

「唉喲！做什麼啦？」麥斯痛喊道。

「誰教你埋我的布偶。」我答道。

「唉喲，我的頭。」麥斯呻吟地揉著自己的頭皮，昏沉沉地看著我，「妳竟然捅我，妳有病啊？」

「我總得想辦法把你弄醒吧？」

麥斯怒目瞪視著我，邪惡的腦袋似乎蹦出死不認輸的想法。

「根本不痛嘛，迷你。」麥斯嘲笑我。

「明明很痛，你說謊！」我氣急敗壞地頂回去。

「才不痛咧，迷你！」麥斯說。

「麥斯，不許你再那樣叫我！」他明知我最討厭他叫我「迷你」。我比他大一歲兩個月，偏偏比他矮兩吋，我恨死「比他老，卻比他矮」了！

生命真是殘酷，也許我應該再捅他一次。

「梅妮薇、麥斯？是你們嗎？」父親疲弱的聲音吸引了麥斯和我的注意。「我還以為再也見不到你們了。」

「噢，爸，你還好吧？」我大喊。

「我挨了揍，有瘀傷，不過沒事。」

　　「別擔心，我們會救你出去。」麥斯喊道，接著他對我低聲說：「對吧，梅妮薇？」

　　「不行！」爸爸打斷我們，「小孩子不許輕舉妄動，太危險了，你們乖乖待在那兒，我會設法救大家出去。」

　　「可是爸，我們可以的，我們很厲害耶。」我信誓旦旦地說。

　　「就是啊，我們不就這樣一路闖過來了嗎？」麥斯

吹噓道。老爸如此不信任我們，令他頗為氣憤。

「我們甚至還跟怪獸打架哩。」我不平地說。

「聽我的話，孩子。我知道你們都很有自信，可是相信我，你們並不清楚眼前要對付的是什麼。這隻怪物不同於其他的怪物，他是最最可惡、最最恐怖、最最凶殘的一隻。」

我倒抽了一口冷氣：「不會是……」

「沒錯。」老爸答道，「就是喳瑪咕洛——萬惡之王。我們深陷在魔堡裡，從來沒有人逃出這裡。」

「噢，糟了！」麥斯和我叫道。

「沒錯，是很糟糕，自從魔王抓了我之後，就不斷地折磨我，想得到封藏在伊能活鑽裡的魔力。」我突然發現爸爸——偉大的曼菲德·麥無畏，世上最天不怕地不怕的人——此刻竟然在害怕。

真是糟糕透頂了，我心想。

「迷你、爸，你們快來看看這個。」麥斯急急說道。他把頭探到鐵欄外，指著深坑底下的火焰。

說時遲那時快，一團巨火在深不可見底的坑下爆開，籠子被熱風掃得撞在一起，麥斯和我猛地往鐵欄一

撞，就像兩隻關在提箱裡被扔下斷崖的可憐貓咪，都快摔碎了。我撞向籠門生鏽的鎖，肺部像空氣被抽乾似地劇痛。麥斯的下巴狠狠朝地上摔去，我看他的牙大概都快掉了。懸在洞穴頂端的鐘乳石間傳來一陣騷動，受到驚嚇的蝙蝠，成群飛出舒適的藏身處，倉惶地四處竄逃。

地底又爆開十三團更大的火球，火舌舔在穴壁上，從籠子邊擦掠而過，把我弟弟的頭髮都燒焦了。硫黃的味道、燒焦的頭髮和烤焦的蝙蝠味，連麥無畏家的人都快消受不了。

緊接著，轟隆聲和火焰一下子全停止了，我們暫時躲過活活被烤死的劫數。一等煙霧散去，我便確定了三件事：

1.我們還有呼吸。（很好）

2.籠子的鎖壞了。（超級好）

3.屎納哥已經睡飽啦。（不太好）

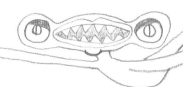

想念媽媽

　　在告訴你接下來發生什麼事之前，我先解釋一下兩年前的事。在母親祭日那天，我和麥斯才發現原來我們家是如此的與眾不同。我想，故事應該從這裡開始講起。

　　那一夜，搖馬巷中陰森寒涼，天色一片漆黑，邪氣逼人的灰雲在天空旋繞，重重的雨幕打在我家屋頂上。四周樹木，在狂風中如鬼影般地舞動，手指似的粗枝偶爾被風吹折，而且每扇窗子都能看到白亮的劈雷。麥斯和我雖然待在乾爽的屋子裡，卻覺得全身的骨頭被轟天雷聲震得直打顫。在這種夜裡看家實在很恐怖，但我告訴自己，我是個勇敢的小孩，而且爸爸很快就回來了。

　　麥斯和我為了取暖跑到樓上，坐在圖書室的壁爐邊。圖書室裡有成千上萬本書，堆擠在從地板連到天花板、高達三十呎的木架上，是全屋子裡我最喜愛的地方。堆積如山的書籍，內容含蓋了報導和小說，時間

橫跨現代至中古世紀，無論喜劇、悲劇、神祕事物到歷
史書，無所不包。藏書中有各種奇怪語言的皮裝大部頭
字典，重量只怕有上噸，另外還有大本的地圖集，裡面
包括一些我希望將來能前往探險的祕境地圖。

我對媽媽——茉莉‧愛達蕾‧麥無畏最美好的回
憶，都發生在圖書室裡。媽媽生前也好愛好愛那個房
間，至今我彷彿仍能看見她那栗色的眼眸、柔軟烏黑的
秀髮、精巧美麗的鼻子和帶著淺笑的嘴角。媽媽最喜歡
親我們了。她以前常坐在壁爐邊她最愛的綠色絨椅上，
椅子正上方掛了一幅我曾曾曾祖父——麥可米勒‧麥無

畏的畫像——那油畫相當可怕。現在我也喜歡坐在那兒。媽媽會念許許多多的故事給我們聽，聽到她怪腔怪調地模仿書中人物說話，我們就會笑成一團。媽媽用各種珍奇異獸和奇花異草的圖案，教導我們複雜的數學公式和艱深的科學，那些圖案畫得漂亮極了（這是我的最愛）。她跟我們講英勇的船長冒險故事，說他們如何迎向巨浪、登上炮聲隆隆的海盜船、尋找價值連城的金銀珠寶（這是麥斯的最愛，但本姑娘覺得那全都是些無聊男生的故事）。

我喜歡圖書室的另一個理由，是那精工漆繪、畫滿

子夜遠空星子的天花板，上頭還塗有明亮的皎月和五彩的星球。那是麥斯三歲時，媽媽一手拿著畫筆，一手拿著顏料盤，爬在圖書室的一道破長梯上畫的。媽媽打著赤腳，攀在梯子頂端，掃視著彩繪的宇宙，尋找最適合下筆的地方。她搖搖晃晃地保持平衡，畫筆上沾著金色顏料，然後踮著腳尖塗了起來，腳底下的梯子也隨之微微晃盪。

「梅妮薇，」金色顏料滴在她的臉頰上。「妳知道我是在妳出生後，才開始這項傳統的嗎？」

我搖搖頭。

「是真的呀，妳是我的靈感泉源。知道哪一個是為妳而畫的嗎？」

「不知道。」我看著古老的梯子在母親的身體下搖擺。

「就在那兒。」她指著一片粉紅色的美麗星群，八顆閃閃動人的星子繞成心型，圍著中間紅寶石般璀璨的太陽。

「我的小梅妮薇，妳就是中間的太陽啊！看到了嗎？就是被八顆導引星環燒的那顆紅太陽？」

我看到了，而且我好喜歡好喜歡。

「八代表永遠，表示我會愛妳直到永遠，梅妮薇，永遠永遠哦！」說完媽媽送我一記飛吻，又回頭去畫畫了。

我越來越緊張了，可是媽媽似乎不在意，或沒注意到梯子晃得十分厲害。她只是繼續畫著，每一筆都下得恰到好處，直到畫完為止。

「好啦！梅妮薇，妳覺得怎麼樣？」她問。「這是幫麥斯畫的慧星，閃亮的金色長尾，送給我的小金童。」

我嘴上說雖喜歡，其實並沒有，因為我還是喜歡我自己的星群。

吱嘎、吱嘎、吱──我拚命祈禱，緊盯著媽媽從危險的梯子上爬下來。媽媽一安全落地，便衝向我，將我攬入懷裡，不斷地親吻我。那是我和母親生前共有的最後一段美好時光。幾天後，媽媽就去世了。

（媽媽，如果遠在天堂的妳能看見我所寫的，希望妳知道我好想妳，爸爸也好想妳，麥斯雖然是個混蛋，但他也很想妳。）

就像我說的,那是媽媽的祭日,爸爸希望把它當成紀念日來慶祝,所以每年都會和之前幫媽媽過生日一樣,騎著同一匹馬、走同一條路、到同一間糕餅店買同一款極可口的七層葡萄柚蛋糕,上面舖著全世界最棒的軟起司糖霜(媽媽的最愛)。然後我們三人舉行一個小小的家庭派對,紀念去世的母親。

爸爸套好馬具和馬靴後,緊緊抱住我們,親吻我們兩個人的額頭,說他會趕回家吃晚飯,然後下達幾項指令:

1.等他走後要把所有門窗鎖緊。
2.兩人要好好相處。
3.最重要的一點,不許惹麻煩。

說完爸爸便騎著馬,在狂風驟雨中,為他的茉莉,順著泥路直奔而去了。

麻煩的麻煩事

　　我和麥斯可是乖小孩，在爸爸離開後便乖乖聽話把全部門窗都上了鎖，兩人也難能可貴地相敬如賓。但麻煩的是，如果光我們倆單獨在一起就常會出問題。

　　這點請容我解釋一下，「惹麻煩」跟「出問題」是兩碼子事。

　　「惹麻煩」是明知不可以，卻故意為之。

　　比如說，我故意把頑皮搗蛋的老弟推下樓梯，希望他能因此規矩一點。我知道自己比較大，不該把麥斯推下樓。但我也不想說謊，看到麥斯一路腳底朝天地滾下樓，然後重重地摔在地上，發出悅耳的聲響時，我心裡其實在暗自叫好。後來發現他竟然毫髮無傷，一根骨頭也沒斷時，我還挺犯嘀咕的。誰教他瞪著眼睛大吼大叫時，左鼻孔裡冒出一個超噁的鼻涕泡泡。

這話聽起來雖然無情，但本姑娘可是出於自保，況且每天得承受他種種可怕的凌虐，這樣報復算是很合理的。你要知道，我老弟暴龍麥斯，沒來由地故意打破我的手工製玻璃兔子，那是我的寶貝耶。不過我也因此受到嚴厲的懲罰——不許到外頭玩，暑假期間整整兩個禮拜不許踏出家門一步。

另一方面，「出問題」則是在莫名其妙的狀況下，做出不明究理的錯事。

舉個例吧：

麥斯和我在圖書室壁爐邊看閒書，周圍點著蠟燭，舒舒服服地等著老爸回來。麥斯在黑木地板上攤成人字形，專心讀他的海盜書。他把一根手指頭插在鼻孔裡，挖得很開心，另一隻手不停地轉著彈珠。麥斯到哪兒都要帶著那顆無聊的彈珠，簡直莫名其妙，而且每次在看海盜書或扮海盜時，都要假裝它是藏寶箱裡的珍寶：「看哪，巴布達拉之珠，只有像我這樣超極無敵的海盜頭子，才找得到這種奇珍異寶。有了這顆無價之寶，我可以買下一隊海盜船，航向詭譎多變的大海，追尋我那海盜的命運。」

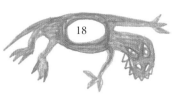

他實在很煩人。

同時，我則坐在母親的椅子上，努力拜讀一本精采的動物學書，書上描述豢養一隻被遺棄的吸血蝙蝠寶寶，過程是如何艱辛。可是那晚不知為什麼，我就是忍不住一直盯著壁爐上方麥可米勒・麥無畏的恐怖畫像看。我一向很怕那幅畫，因為不知怎地，我覺得麥斯很像曾曾曾祖父，除了一點之外──麥斯有兩隻眼睛，而麥可米勒是獨眼龍，另一隻眼睛戴了眼罩。

突然間，「呃──」我弟打了一記又長又響的嗝，那是喝草莓汁喝出來的。幸好這打斷了我的思緒，不再想可怕的麥可米勒畫像。麥斯的草莓嗝聞起來像混了爛香腸和酸奶，噁到不能再噁（不過我不得不承認，這其實很好笑）！那味道難聞死了，逼得我只好離開圖書室。我決定去喝杯水止渴，便站起身來，拿起最近的一根蠟燭走出去，我注意到火堆該添柴了，便叫麥斯添木頭，沒想到他竟然欣然接受。這真的很難得，因為我通常叫不動他。

我到廚房櫃子拿了自己最愛的玻璃杯（就是上面有小松鼠撐傘的那個，我很喜歡那驢樣），扭開水龍頭。

水杯注滿時，水管卻嘶嘶作響。突然間，我感到一團陰影朝我圍過來，覺得毛骨悚然。我很想回到樓上和麥斯在一起，衝到媽媽安全的椅子上，於是我儘速將水一飲而盡。

「梅妮薇！」圖書館那兒傳來弟弟的尖叫聲，我的心臟差點從胸口蹦出來。我嗆著了，水噴得到處都是。

「快來呀！」麥斯尖叫著，「梅妮薇！快來呀！」

「我就來了，麥斯！別慌！」我邊咳邊喊，拔腿狂奔。不管出了什麼問題，我非得趕去救他不可。

「迷你，妳在哪兒？」他大喊。

我三步併做兩步地衝上樓。「我快到了，麥斯，我就來啦！」我扯開嗓子大吼著往圖書室的門直衝，完全不知道接下來會看到什麼。

麥斯站在我們家老祖宗的肖像畫下，調皮地咧著嘴笑，一副沒事樣兒。他到底在耍什麼花招？

「麥斯，你這個混蛋！我擔心死了，還以為你怎麼了！」我氣得對他咆哮，「你為什麼老要跟我開這種無聊玩笑？我真的以為你出事了！」

麥斯指著壁爐說：「梅妮薇，妳可不可以先閉嘴，轉頭看一看？」

霎時，我的恐懼、憤怒被震驚所取代。原來還是壁爐的地方，此刻竟變成一大扇象牙色的石門，兩根特大號金手把上面刻著：「**所有怪獸注意，唯麥無畏族人得進此門**」。

「你剛才做了什麼，麥斯？」我不解地問。

「走啦，迷你！咱們去看看裡頭有什麼。」他理都不理我的問題，逕自說道。

「壁爐呢？麥斯，怎麼會這樣？」

「妳一定不會相信的，迷你。」麥斯說，「我照妳的話去添柴火，可是有一隻奇怪的紅蛾在我面前亂飛，我拿起火鉗當海盜劍朝它砍了幾下，可是沒砍中，卻不小心戳到壁爐上的一塊磚。我發現磚塊動了一下，就去推它，然後……火熄了，就出現這片大門啦！」麥斯一副得意的樣子。

麥斯的話令我驚異不已，同時又很嫉妒發現這件事的人不是自己。如果這件事還不叫「出問題」，那我實在想不出更好的例子了。我知道爸爸大概會不高興，可

是我非得瞧瞧裡頭到底有什麼不可。

麥斯和我把手放到巨門的門把上，門把感覺好冷，但竟然輕易地就被推開了。我們走進一個自此改變我們一生的房間，一起跨入麥氏家族的神祕歷史裡──也朝危險多艱的未來邁進。

怪獸之書

　　神祕的通道邊，排放著冒煙的火炬，我和麥斯小心翼翼地前行，腳步與呼吸聲在走道上迴盪著，聽來異常駭人。四周的牆面刻著奇異的圖形和可怕的怪獸圖像，怪獸們在攻擊一個害怕而無助的家族。

　　我和麥斯的牙齒開始打顫，並停下腳來互看著對方。我們很想轉頭走人，可是卻默默地點點頭，強壓住心頭的恐懼，緊緊握住彼此的手，然後勇敢地繼續向前邁進。

　　空氣裡都是霉味，聞起來就像我想像中的墳墓。我們走得越深，霉味就越重。各種毒蜘蛛一看到我們，紛紛爬下蒙塵溼黏的網子。我好怕蜘蛛會跳到我們身上，把細小的毒牙刺進我們的肉裡，幸好它們很快又爬走了。

感覺上走了好幾年後，終於看到另一扇石門。不過這道門是血紅色的，而且比之前那一道小多了，鏽掉的門把上刻著充滿惡兆的不同訊息。

唯有勇敢的麥氏族人得進此門，因門後封藏之物，族人須無畏地以死相迎。

麥斯大聲地讀出這些字，然後在褲袋裡瘋狂翻找。

「你還好嗎，麥斯？我們不一定要進去，如果你不想進去，我們現在就回頭。」

「沒事，我好得很，梅妮薇。」麥斯用那種天不怕地不怕的語氣答道，「我幹嘛要回頭？」

認識麥斯也不是一天兩天了，只有像我這麼優秀、深富科學家精神，又明察秋毫的老姊，才能揪出老弟的兩個毛病。

1.每當他心情輕鬆愉快時，就會忍不住用手指挖鼻子裡的鮮鼻屎。

2.每當他害怕或不自在時，就忍不

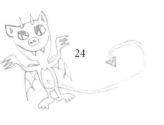

住找泡泡糖，希望藉著嚼泡泡糖來抒解恐懼。

麥斯轉瞬間便把一顆粉紅色的泡泡糖球塞進嘴裡，像瘋子一樣地大嚼特嚼起來。幾秒鐘後，他顯然放鬆不少。麥斯走到門前，滿嘴口水，含糊不清地說：「我好了……就等妳啦，梅妮薇。」

「好吧，數到三。」我說著也把手放到門把上。我們互看一眼，準備轉動門把。

「一、二、三！」

門應聲而開。麥斯和我用力過頭，兩人跌撞在一張擺滿噁心器物的桌子上。身上幸好只有一點小擦傷，可是桌子卻被我們撞翻了，上面的東西乒乒乓乓摔了一地。我們從東西堆裡爬站起來，第一次仔細地察看四周的狀況。

眼前的情形簡直令人無法置信！這裡就像博物館一樣，只是裡頭擺滿了前所未見的東西。四面牆上是一排排裝著螢光綠磷狀物的燈籠形瓶子，還有一扇鑲著七彩噴火龍的恐怖彩色玻璃窗，彩光使得這間不尋常的房間染上一層靈異的薄光。這裡有裝

滿枯骨的石棺，還有展示著其他朽物的盒櫃。有些枯骨長了翅膀或多刺的尾巴、有的長著利角或巨大的尖角，還有單個眼窩的怪獸骨骼，有些怪獸頭骨的眼窩還不止三個。天花板上掛著一副巨大的顎骨。一看到巨顎上銳利的化石尖齒，我和麥斯忍不住倒抽一口冷氣。此外，還有一張超長的檢查台，台上擺滿了奇怪的器具，包括一架顯微鏡和各種血液抹片，我猜應該是取自各種肉食性動物的吧。另外還有裝著不知名植物的髒瓶子，及裝著各種膠質的容器，裡頭有顫動的組織臟器。這個房間令我產生想立刻洗手的衝動，真怕感染細菌。

　　我們找到了一個專門研究各種怪獸的房間。當麥斯發現各式奇形怪狀的武器，和堆在研究室角落、被敲得變形的盔甲時，再也憋不住了。這對他來說簡直是美夢成真——他終於能用他那雙小髒手，握住自己的海盜劍了。可惜事與願違，麥斯從牆上抓起一把怪劍，劍卻從他手上滑開，往他的右腳板砸去。結果呢，夢想擁有海盜寶劍的小男生根本太弱不禁風，連劍都拿不動。不過算麥斯運氣好，當時劍背朝上，他只被劍柄砸中腳趾頭，但這也夠讓他呼天搶地，哀號不止了，那場面真是精采絕倫哪！之後接連著三天，麥斯都跛著腳走路。

　　我們迅速地掃視房裡這些骯髒，但令人驚奇的器物。我的腦子裡淨是驚疑：*我們家怎麼會有這種地方？是誰在使用的？用來做什麼？*當我的腦袋瓜裡還盤踞著這些沒有解答的問題時，眼睛卻瞥見房間後頭，有個東西藏在陰影底下。

　　在樸素而平凡的底座上，躺著一本我生平見過最獨特的書。我無法將目光從書上移開。那書相當大，而且上面覆著某種我沒見過的動物皮革，封面上那些浮凸出

來、閃著金棕色光芒的字，似乎在召喚我，等待我去翻閱。我走得越近，就越想去翻它。我打算伸手拿書，眼看就快碰到了。

「梅妮薇，不行！別碰那本書！」父親放聲大喊。可惜遲了，書自動張開，用那有毒的紙頁狠狠地咬住我伸出去的手。在昏過去之前，我終於瞥見神祕的書名——《怪獸之書》。

麥可光勒
的傳說

　　我在自己的房間裡醒過來，躺在自己的床上，老爸就坐在我身邊。他原本看起來很憂心，可是一見我醒了，便露出放心的笑容。「梅妮薇，妳好一些了沒？很痛嗎？」爸爸問。

　　「只有一點點啦！」我騙他的，我的手像被一千隻蜜蜂叮過，手指和手掌上有無數道紙劃出來的小切口。我低頭看著自己的手，忍不住驚呼一聲，我的手腫得像顆西瓜。

　　「把這個喝了。」爸說著遞給我一杯煮好的奇怪飲料。我啜了幾口甘草般的熱飲後，便覺得好多了。手上的腫痛逐漸消去，我也才有心情去思考幾件想要知道的事。

　　「發生什麼事了，爸？」我問。

　　「妳和小麥斯好像發現我的書房了，你們亂踩了不該碰的東西。妳確定妳沒事嗎，迷你？」

　　「為什麼那本書要傷害我？」我問著，又喝了幾口飲料，真的滿好喝的。

　　「妳想去拿《怪獸之書》，所以她就咬妳了。」老爸不安地說。

　　「你在說什麼？書哪會咬人？」

　　「老實說，這本書不但會咬人，還會講話。」

　　「怎麼可能？你怎麼會有那種書？還有，你為什麼從來沒和我說過世界上有怪獸？爸爸，到底發生了什麼事？」我想知道答案。

　　「怎麼說比較好呢？」父親苦思著該如何解釋。
「我不是那種從事一般職業的正常父親……我真希望你
們能大一點，也很希望跟你們講這件事時，你們的媽媽
也在……」

　　「爸，你直說就是了嘛！」我不耐煩地打斷他的
話。

　　「好吧。梅妮薇，妳不妨叫我怪獸終結者吧！」他
終於吐出這句話了，說完後似乎如釋重負，接下來的
話，講起來也輕鬆多了。

　　「我幫助那些被怪獸騷擾的人，就像我父親及先祖
們一樣。妳想拿的那本書，是所有麥無畏先祖獵殺怪
獸累積所得的知識，這是一本活生生的怪獸百科全
書，裡頭記載著所有怪獸的特長和資訊，更重要的是提
到所有怪獸的弱點。被《怪獸之書》咬到，被害人不是
一命嗚呼，就是能獲得閱讀《怪獸之書》的能力。幸好
妳是麥無畏家的人，否則只怕早就死了。噢，趁我還沒
忘記前趕快告訴妳，《怪獸之書》要我代她向妳道歉。
她說很抱歉咬了妳，以後她再也不會那樣做了。」

　　「嗯，好吧，跟她說我接受她的道歉。」我還是一

頭霧水。

　「我會的。不過很有意思的是，她說照妳嚐起來的感覺看來，妳應該可以和她成為好友。看來她還滿喜歡妳的，梅妮薇。我不知道這該喜還是憂，別忘了，她是個怪獸──雖然她已經改邪歸正了，但畢竟還是怪獸，所以不許妳和她在一起，好嗎？」

　「好啦。」我答說。知女莫若父，我簡直等不及想跟她說話了。「可是，爸，怎會有人弄到一本活生生的書啊？還有沒有其他內容類似，但不會殺人的書？」

　「沒有了，老實說，梅妮薇，那是唯一一本與怪獸相關的書籍。妳的曾曾曾祖父麥可米勒為了取得這本書而犧牲了性命。根據傳說，麥可米勒為了取得書中的資訊，以對付所有怪獸，保護世界，因此企圖盜書。不幸的是，《怪獸之書》在人稱萬惡之王──可怕的喳瑪咕洛──手裡。身為麥無畏家的後裔，麥可米勒決定溜進魔王的巢穴。魔王睡著之際，麥可米勒又意外地發現了另一件事：《怪獸之書》的旁邊，還擺著喳瑪咕洛最珍貴、威力最強大的寶物──伊能活鑽，那是喳瑪咕洛魔力的來源！麥可米勒輕手輕腳，

快如迅雷地將鑽石攫走，然後才朝怪獸書走過去。麥可米勒並不知道《怪獸之書》本身即是一隻怪獸，因此才會被咬倒。據說他是第一個碰觸《怪獸之書》的人類，因此也是第一個遭受毒書咬中的人。

「麥可米勒痛苦的慘叫聲吵醒了魔王。魔王一睜開眼，便發現麥可米勒手裡緊握著自己最重要的兩件珍寶，痛苦地扭來滾去。接下來究竟如何，大家的說法就莫衷一是了。多年來麥無畏家族成員為此爭論不休，有人推測麥可米勒在《怪獸之書》和伊能活鑽的護持下，打敗了喳瑪咕洛，終結了魔王的恐怖統治，可是卻也因此賠上性命；有些人則認為，既然麥可米勒是第一個遭到書咬的受害者，所以就被書毒死了，而喳瑪咕洛吃掉麥可米勒的屍體同時，也一併給毒死了。我不太相信這些說法，但我可以確定地告訴妳一件事：從此之後，就再也沒有人聽到麥可米勒或萬惡之王的消息了。

「麥可米勒失蹤不久後的某天晚上，《怪獸之書》被人用麥可米勒的披風包著，在大白天裡放到我們家門階上，書上還附了一封信，說明怪獸書的危險性，唯有

真正勇敢無畏的麥無畏族人才能翻閱此書。梅妮薇，那本書萬一落回怪獸手裡，必定會發生災難。因此幾百年來，我們家族便守護著書中所有致命的訊息，成為人類最後一道抵抗妖怪邪惡攻擊的防線。」

「好吧，我先弄清一件事，」我有點狐疑地問：「你是怪獸終結者？世界上真的有怪獸，而且我們家族幾百年來一直在和妖怪纏鬥？」

「是的，梅妮薇，這全都是真的。」爸爸答道。

我的腦子都快昏了。

「所以你才會老是突然有事跑掉？有時深更半夜來不及跟我們道別，就不見人影了？」

「是的，迷你。很抱歉讓妳擔心或猜測我的行蹤。」我父親說，「我很不喜歡丟下妳和麥斯，可是我一定會把你們安全地託給藍道夫的。」（從有記憶以來，藍道夫‧畢斯邁就是我爸爸最要好的朋友——好像也是唯一的。自從媽媽過世後，他照顧我們的時間也越來越多。）

「我要當怪獸終結者。」我傲然地宣佈。

「梅妮薇，這不是在玩哪！怪獸愛吃小孩、破壞人類的生活，這是個極為冒險的工作，只有大人——我再說一遍，只有**大人**才應付得來。」

「可是，爸，我是麥無畏家的人耶，我們家族不就是做這事的嗎？我們是怪獸終結者。」我急急地說。

「梅妮薇，我愛妳，我會盡一切所能保護子女的安全。聽爸爸的話，我不希望妳或麥斯再進到我書房，或去讀那本書，明白嗎？這是很危險的，而且你們倆在那兒可能會受到嚴重的傷害。」

不准再回去那間怪獸研究室？對我來說，這簡直是世上最悲慘的事，我絕不容許這種事發生，得想個辦法才行。我需要麥斯。

「這件事不必再討論了，梅妮薇，妳和麥斯都不准踏入研究室，明白了嗎？」父親厲聲說。

「是的，爸爸。」我悶聲回應著，心裡卻偷偷想著——才怪。

「很好。」爸說著親親我的額頭，「既然妳的手好多了，咱們下樓去吃片妳媽媽最愛的葡萄柚蛋糕吧，麥斯在等著呢。」

背地裡來

　　既然發現咱們麥家的祕密，又看到父親密室裡的神奇玩意兒，天塌下來也阻擋不了我和麥斯了。我們想知道一切有關怪獸的事，以及獵殺妖怪的方法，整天不斷窮追猛打地逼問老爸，他簡直快被我們逼瘋了。但老爸只是說：「妳還不夠大，梅妮薇。」「等妳再大點再告訴妳。」或「拜託別再問怪獸的事了，我快要發狂啦！」

　　那些答案既不能滿足我們，也不科學，麥斯和我怎肯就此罷休，當然一問再問囉。

　　「夠了，五天不准你們吃巧克力或偷笑。」老爸終於忍不住大吼。

　　既然爸爸不肯讓步，我和麥斯就別無選擇了。我們想出一套簡單的辦法，由一人纏住老爸，另一個人則趁機偷偷到他嚴禁入內、超級機密的怪獸研究室裡偷東

西。我可告訴你喲，這辦法簡直無懈可擊。我們把東西摸出來後再偷偷放回去，老爸一點兒都不知道。

　　我們很愛老爸，也極不願違背他的心意，可是兩年來，麥斯和我背著他儘可能地學習。每逢爸爸離家去殺怪獸時，麥斯和我就竊喜不已。我們當然想念他，而且他也一定要求藍道夫·畢斯邁照顧我們。可是他是個老好人，實在沒什麼挑戰性。不知為什麼，原本精力充沛的畢斯邁，那陣子似乎很容易就睡著了。大概是因為兩個麥無畏家的孩子，已經學會把無色無味的東西滲進他的飲料，讓他昏睡過去的關係吧。我可沒有否認或承認這一點哦，不過我還是承認，等藍道夫睡得像個小嬰兒一樣熟時，麥斯和我就會在爸爸的研究室裡耗一整天，努力用功地學習怪獸方面的知識。我們從《怪獸之書》中學到很多配方——裡頭沒有一項是做巧克力餅或奶油派的，都是防範怪獸的偏方。

　　《怪獸之書》告訴我，她比較喜歡人家稱她怪獸書女士，並要我這麼喊她。我一頁又一頁地翻著書，我們變得非常要好。她甚至教起我用她的母語——怪獸語——說話。她說，如果我想成為真正的怪獸終結者，最好

　　學會講怪獸語，我將是第一個會講怪獸話的女生。她說
其實她不能教導任何麥無畏家的人，因為怪獸法中明文
規定怪獸絕不能背叛同類，把怪獸的各種法門傳授給怪
獸的食物（也就是人類）。怪獸書女士最擔心她的怪獸
親戚有天會發現她的作為，將她活活燒死，即使多年來
她都安全地躲在我們家，她還是非常害怕。這件事我半
個字都沒告訴麥斯，因為這是女生間的私房話，只限於
姊妹淘之間。

　　與怪獸書女士相處久了之後，我發現她是一本能做

出驚人之舉的奇書。例如：書頁掉了，她還能將書頁長回來，就像蟋蜴再生尾巴一樣；她還很喜歡請我在她的書脊上搔癢；除了咬人的手之外，她最愛的事情之一，就是聽人大聲朗讀她身上的內容。雖然她是我朋友，而我也很喜歡讓朋友開心，可是幫我那頑皮的弟弟翻譯書上的內文，實在挺累人的。

「有沒有什麼法子，可以不必先咬麥斯，就讓他讀懂妳呀，怪獸書女士？」

「沒有，我不想那麼做。老實講，我想咬他，他看

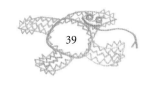

起來很可口，值得我好好地咬上一口。上回妳不就沒死嗎，看來他也可能不會有事。」她邊說邊翻著嘴裡的紙齒。我把一切對麥斯解釋。

「難怪我站在妳後面想讀的時候，書頁看起來都模模糊糊的。哼，妳們兩個想都甭想，我絕不讓她咬，梅妮薇。」麥斯緊張兮兮的，「我還記得妳被她咬了之後腫成什麼德性，我才沒興趣呢！」

「你實在是太沒膽量了，麥斯。除非你讓她咬，否則永遠不能勝任終結者的角色。」我邊說邊威脅著將書本推到他手指邊，麥斯一慌，立即在嘴裡塞了一顆綠泡泡糖。

「梅妮薇，把……把……把那本書拿開。」他結結巴巴地說。

我真是敗給他了，看來我只得幫他從頭念到尾。

於是我一章章地將怪獸書讀給麥斯聽，我們一起努力研讀咒語、符咒和其中所用的素材。學習各種怪獸的名稱，以及分辨的方式──哪些有毛、皮膚或鱗甲，哪些怪獸咬了會致死或將你也變成怪獸。讀完後兩人就互相考試。很快的，我們也成為怪獸專家了。

難解盒

　　某天晚上，那東西就這樣出現在我們家的門階上，上面沒有紙條，也看不到任何訊息。我們三人從城裡開心地吃完消夜回家時，它就等在那兒了。我和麥斯一看到這奇怪的盒子，便認出那是《怪獸之書》裡的東西。當然，為了避免老爸知道，我們只好裝傻，問他那是什麼東西。老爸不安地說，「那只是一個難看的木盒子而已，沒什麼好大驚小怪的。」說完便火速拿起盒子，以免我們拿到。

　　「可以給我嗎？反正你說盒子很醜，沒什麼大不了的？」我問。

　　爸爸掙扎了一會兒後說：「不行！說不定是鄰居的，不小心給送到我們家了。我明天早上會去問問附近的人，你們先上樓準備睡覺。」我爸極不善撒謊，這我們可是心知肚明。於是我和麥斯乖乖聽話，讓爸爸哄我

們上床，親吻我們道晚安。可是他一出房門回書房，我
和麥斯便跳起來會合，跟在他後頭。我們倆有著同樣的
疑問：爸爸看到難解盒時，反應為什麼那麼奇怪？盒子
裡到底裝了什麼怪玩意兒？

　　你如果不曉得什麼是難解盒，就讓我來告訴你吧。
難解盒是怪獸專門藏珍貴寶物用的，也可以說是怪獸的
保險箱。所有的難解盒都長得不一樣，開箱的方法卻只
有一個。你得知道怪獸記號的確切位置和順序，才能打
開盒子，否則既無法破壞盒子，也無法打開。難解盒是
由一種叫魯哥的怪獸工匠製造的。

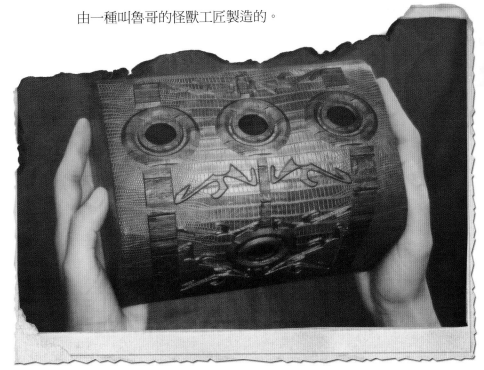

✧魯哥✧

這些膽小怯懦、長頸尖嘴的怪獸，並不如想像中那麼可怕。事實上，魯哥是非常害羞靦腆的怪獸，他們和其他怪獸一樣喜歡大鬧一場。他們相當以自己的手藝為榮，是創造難解盒的主力。魯哥也打造其他怪獸目前使用的重要物件，如：磨鱗器、抬尾機、磨爪刀、狼牙刷，甚至假狼牙（這是為掉牙的老怪獸做的）。

無論怪獸需要什麼精巧的裝置，魯哥都做得出來。他們的製品，只用質地最好、最稀有且無雜枝的怪獸樹去做。奇怪的是，魯哥並不喜歡吃人類的小孩，反而愛以幼馬或小羊為食。

驅怪偏方
蟋蟀止咳糖茶

所需材料：

- ▲▲ 一個髒的舊茶杯
- ▲▲ 一根攪拌用的銀湯匙
- ▲▲ 兩湯匙黑莓醬
- ▲▲ 一茶匙伯爵茶
- ▲▲ 七湯匙乾酪
- ▲▲ 三茶匙黑墨水
- ▲▲ 一隻死蜘蛛
- ▲▲ 一根鳥羽毛

把黑莓醬、伯爵茶、乾酪和黑墨水放到舊茶杯裡，用銀湯匙以逆時鐘方向攪十一次，念咒如下：拉里瑞，蘇蘇哈，畢非里卡茲畢雷。接著加入死蜘蛛，並念：哩祖郎普，哩祖哩茲，魯咕魯茲，布拉克馬克，米茲，熱茶非茶，魯咕哩茲，快嘶嘶響。把蟋蟀止咳糖茶放到前門，可以防止魯哥十七個月。Ⓜ

爸爸坐在巨龍彩色玻璃窗下的書桌前，拿著放大鏡，心無旁騖地仔細研究盒子上的記號。要是他發現我們在窺探，搞不好會把我們扔去餵滿口尖齒的大白鯊。

時間一分一秒過去了，我和麥斯看著老爸翻弄盒子，越看越無聊。就在我們打算放棄時，爸爸又再次證實他是個天才麥無畏——他破解盒子上的密碼了！難解盒上面的盒蓋緩慢而平順地滑開，露出藏在裡頭的寶物。我們等不及想看看爸爸會從盒子裡拿出什麼。

爸爸把手指探進盒子裡，拿出一顆和麥斯的破彈珠一樣大的血紅色鑽石。爸爸拿起鑽石，就著月光看，一

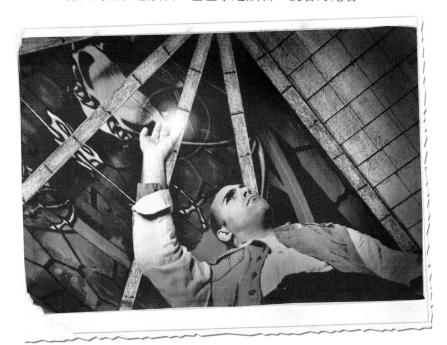

臉不可置信地說：「經過這麼漫長的歲月，難道真的是它嗎？」

月光一照射到鑽石表面，鑽石便像著火般地發出光芒。「真是造化弄人啊，你怎麼會回到麥無畏家族的手裡？如果你真是我想的那個寶物，此事必然不妙。」

「梅妮薇，妳最好祈禱，在我找到機會偷看之前，老爸不會把鑽石放回難解盒裡。」麥斯悄聲呢喃，「不知道那顆鑽石值多少錢，最初擁有它的不知是哪種怪獸。妳想會不會是暴躁鬼的？」

「不可能，暴躁鬼的難解盒通常更大，而且更難開。」我低聲回應麥斯，「而且他們通常只喜歡貴重的金屬，而不是寶石。所以我猜那顆鑽石原本是豬面獸的。你忘啦，豬面獸喜歡拿寶石當假牙，覺得這樣照鏡子比較漂亮？」

「是啊，也許妳說得對，迷你，我都忘了豬面獸了。」麥斯頗為懊惱地承認我猜得比較正確──這令本姑娘稍稍得意了一下。

❖暴躁鬼❖

這些壞脾氣、頭上冒火、長著綠斑、鬼鬼祟祟的傢伙，只喜歡做兩件事：偷取貴重金屬（尤其是金子）以及縱火。他們完全不怕熱、不怕火，如果見房子著火了，暴躁鬼很可能會趁火打劫，偷走屋中的金飾或其他珠寶。他們非常愛吃烤焦的小孩（尤其愛吃補過金牙的小孩），也很愛吃熔化了的金屬。暴躁鬼特大號的手掌裡抓滿了偷來的戰利品，他們把貴重的金屬放在爐子般的頭頂上熔掉，讓自己飽餐一頓。

大部分的暴躁鬼喜歡住在礦場附近，有些則乾脆住到金礦裡面。他們是出了名的愛講冷笑話，而且背部經常受傷。你若在暴躁鬼身邊穿金戴銀，保證死路一條，更慘的是會被活活燒死。他們痛恨海洋及人類咀嚼的聲音。

傻瓜炸金雞

所需材料：

- 一只大鍋爐（或一個大的攪拌盆）
- 一根木湯匙
- 一個槌子
- 三張大錫箔紙
- 二分之一杯柳橙汁
- 五湯匙橄欖油
- 十茶匙鹽
- 一份炸雞胸肉
- 四瓣大蒜
- 六顆草莓
- 十二顆小石頭
- 一粒葡萄（或以一百顆葡萄乾代替）

在大鍋爐或攪拌盆裡倒入柳橙汁、橄欖油和鹽後，用木湯匙拌勻。接著將炸雞胸肉、大蒜、草莓、小石頭和葡萄（或一百顆葡萄乾）一起堆放到硬實的平面上，以槌子槌碎，再將材料舀進大鍋爐中，以木湯匙拌勻所有材料，然後念咒如下；火光光，天靈地靈急急如律令。接

下來，將一大把鍋爐裡的材料放到其中一片大錫箔紙上；將錫箔紙像烤馬鈴薯一樣地緊緊包妥。其他錫箔紙也依樣辦理，然後念出最後的咒語：暴躁鬼，暴躁鬼，暴躁鬼，去死吧！把三團錫箔紙放進家中郵箱擺兩個晚上，你們家便一整年免受暴躁鬼騷擾。暴躁鬼若是吃了本藥帖，短短數分鐘內就會氣絕身亡。Ⓜ

✦ 豬面獸 ✦

這些長相抱歉、滿嘴獠牙、頂上無毛、渾身青紫、豬嘴豬鼻的怪獸，非常凶惡危險。他們的脾氣喜怒無常，經常出其不意地打得受害者非死即傷。豬面獸痛恨自己的長相（尤其是難看的笑容），因此喜歡待在黑暗的叢林深處。為了讓自己看起來稱頭

一點，很多豬面獸將原本的牙齒拔掉，代之以閃爍生光的鑽石、紅寶石或翡翠，但其實效果不彰。這些怪獸最大的嗜好就是搜集寶石，他們會不計一切地保護自己的收藏，以免被竊。豬面獸棲住在樹上，巨大的雙手天生適合攀爬各式樹種。他們的氣味也非常難聞，在大熱天裡，會像狒狒的屁股一樣冒著惡臭。絕對不可以跟豬面獸說他長得很醜，除非你想死。

驅怪偏方
死亡貓掌
所需材料：

- 一只大鍋爐（或一個大攪拌盆）
- 一雙手
- 一個左手的皮手套
- 六吋長的麻繩
- 一杯煮過的咖啡粉
- 一茶匙楓糖漿
- 一杯麵粉
- 一杯優酪乳

🦇🦇三分之一杯酸掉的牛奶
🦇🦇三分之一杯貓毛（任何品種都行）
🦇🦇一根髒蘿蔔

把咖啡粉、楓糖漿和麵粉倒入大鍋爐或攪拌盆裡，用兩手拌勻。念以下咒語：麋鹿，垃圾，乒乒乓，鱷魚鱷魚，叮叮噹。然後在鍋爐中加入優酪乳、酸掉的牛奶和貓毛。將所有材料混合，直到變成噁心的黏糊。接下來用黏糊灌滿左手的皮手套，手指部位盡量多擠一些。等手套差不多塞滿後，加入髒蘿蔔，把開口處綁好打上死結，裡頭的填塞物才不會流出來。念咒：豬面油、臭兮兮、滴滴嗒嗒落下來，你好漂亮，噗通通。把死亡貓掌放在枕頭下睡一晚，豬面獸就有三百天近不了你的身。Ⓜ

發現老爸突然從桌子後站起來，朝我們的藏身處走來時，我和麥斯嚇壞了。我們以為露出馬腳，一顆心怦怦狂跳。幸好傳說中的曼菲德・麥無畏只是匆匆從我們旁邊走過而已。

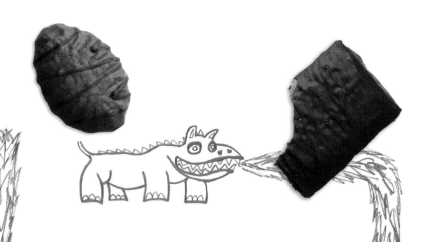

哈里狼

　　我們從桌底下爬出來，溜到難解盒旁想看個究竟。麥斯瘋了似地猛搖著盒子，希望能將盒子打開。我隱約聽見怪獸書女士叫我，便趕快跑向她所在的書架──就在我爸的書桌上方。怪獸書女士告訴我，剛才她看到父親開啟盒子的整個過程了。「只要麥斯同意讓我輕輕咬一口，我就把開盒子的詳細過程告訴你們。」怪獸書女士保證。

　　我從沒想過麥斯會肯，這輩子休想，可是等我向他解釋過怪獸書女士的條件後，他很快地在嘴裡塞了顆泡泡糖球，沒命地猛嚼，然後表示願意接受。

　　「梅妮薇，先要求她幫妳開盒子，我實在不太信任

她。」麥斯抖抖顫顫地嚼著泡泡糖說。

他話還沒說完，怪獸書女士已經開始對我面授機宜了。麥斯緊張地把難解盒遞給我，我一步步按照指示操作。盒蓋再度平順地滑開了，在我還不及伸手探進去時，麥斯已經一把攫出血紅色的寶石來。

「太不可思議了！」麥斯大叫著望著寶石，彷彿被寶石的華光儷得心搖神馳。

「讓我也看看，麥斯。」我說。

「等一等啦，如果我得讓那本書咬，就應該先讓我瞧瞧這顆鑽石！」麥斯抱怨說。

他的話也沒錯，我只好像個好姊姊地提醒他，答應人家的事不能爽約。「隨你便啦，笨蛋！不過她餓了，你最好別讓她一直等。」我巴不得怪獸書女士狠狠地咬他一口，比當初咬我時還狠幾百萬倍。

麥斯將左手慢慢伸向怪獸書女士，想到美食當前，她便開心地花枝亂顫起來，書脊下傳來飢腸轆轆的咕嚕聲。我幸災樂禍地看著，知道麥斯會遭到何種創痛。他慢慢逼近，手指終於放入她顏色鮮麗的書頁裡。一開始並沒有什麼動靜，接著「碰！」的一聲，怪獸書女士將

書頁闔上，惡狠狠地咬了下去。麥斯發出史無前例的慘叫，聽得我渾身的血液都快凝住了。但令我訝異的是，麥斯並未像我當初一樣昏過去。不過他眼眶裡還是蓄滿了淚，手也立刻腫了起來。

「很恐怖吧，麥斯？」我忍著笑。

「我的天呀，痛死我了。唉喲，好刺啊。」他甩著手說。

「很好。」

沒時間幸災樂禍了，因為我們聽見父親的聲音自遠處傳來：「麥斯？梅妮薇？」我們完蛋了。

「慘啦，麥斯，這下子咱們跑不掉了，如果你表現出一副快痛死的樣子，也許老爸就不忍心責罵我們了！」

「那倒不難。」麥斯呻吟著說。有那麼一瞬間，我差一點要心疼起麥斯了。

「老爸趕到以前，你最好把鑽石擺回盒子裡。」我告訴他。

麥斯打算把鑽石放回盒子裡，可是腫大的手卻不聽使喚。我緊張地轉頭望向書房入口，探看父親的蹤影。

「快點呀！」我聽到父親的鞋根重重踩在走廊地板上，朝我們走來。「麥斯，快把盒子關上！」

麥斯終於用那隻正常的手把盒蓋關上了，我火速將盒子從他手上搶下來，放回桌上原處。老爸從門口衝了進來，嚇了我們一大跳。

「謝天謝地，你們兩個沒事。」他用力將門關上並鎖住。「我到處找你們，卻找不到，我拚命祈禱你們會待在這下面。」我們倆吃驚得說不出話來。爸爸的襯衫上染滿了血，「孩子們，快幫我擋住門。快，我們時間不多了，他們很快會循著我的氣味追到這裡。」

老爸語氣急迫，我們立刻照辦，心中極為忐忑。我們把能張羅到的東西全往門口堆，「你身上為什麼都是血？到底是怎麼回事，爸爸？」我害怕地問。

「我們遭受攻擊了，怪獸發現麥無畏家，跑來抓我們了。我剛才在樓上用開罐器跟其中一隻打，他用爪子抓我。我只看到三隻怪獸——一頭臭氣衝天的屎納哥、一隻龐大肥碩的哥洛奇，還有一隻黏呼呼的霉敦。現在既然到了書房，所有對付怪獸的工具都在，應付他們就不難了。」

「我們能幫什麼忙嗎，爸爸？」麥斯問，一隻腫大的手癱軟地垂在身側。

「聽我說，我書桌下有個暗門通到另一間密室，怪獸進不去。我要你們兩個立刻搬開書桌，帶著《怪獸之書》爬進密室裡！」爸爸邊大聲指揮我們，邊衝向房子另一頭的兵器堆。他挑了幾個可能派得上用場的武器，擺開架勢準備迎戰。我和麥斯試著搬開書桌，可是桌子彷彿千斤重，我們連一時都推不動。

碰！碰！碰！碰！

凶惡的怪獸找來了，書房的門被怪獸的重爪擊得搖搖顫顫，聲聲捶落的爪子撼動著石門。石門雖然頑強相抵，只怕撐不了太久。他們想吃肉啊──麥無畏家族的肉──聽到他們饞狼般的咬顎聲，我的背脊不禁陣陣麻涼。

「爸，我們推不動！」聽到緊鑼密鼓的撞擊聲和怪獸狂亂的咆哮時，我尖叫說。

「我們不想傷害你們，麥無畏家的人，讓我們進來，我們只是想把

你們吞掉而已。」屎納哥低吼著，哥洛奇和霉敦也同聲應和。他們粗啞的聲音聽起來像指甲劃過黑板，混上被矛刺中的牛號聲，實在教人聽不下去。

「開門哪！我們保證絕不會從鼻孔去吸你們可口的腦漿，我們會先吸乾你們的血再把你們吞下去。你們逃不掉啦，麥無畏！」他們說完又吼叫連連。

爸爸幫我們推開書桌，剛好能搆到地板的暗門。爸爸拉開門閂，打開暗門，小小密室伸手不見五指，有道梯子伸向那陰森而不祥的黑洞裡。他若不陪我們進去，我和麥斯絕不進去。休想！

「梅妮薇，麥斯，聽我說！密室僅容得下你們兩個人和《怪獸之書》，家族的人已經對那裡施過所有能夠防獸的咒語了，待在裡面很安全。你們一進密室，我就念咒將你們封在裡面。你們兩個仔細聽好了，等我施完咒後，門就只能從裡頭打開了，所以無論你們聽到什麼，或　　　以為你們聽到了什麼，無論你們有多麼想打開門，都千萬不可以。明天太陽升起之前，絕對不能開門。怪獸會在天亮之前離開，他們痛恨陽

光，因為它會灼傷怪獸邪惡的眼睛，燒燙
他們可怕的膚肉。明白了嗎？孩子們？」

　　我們拚命點頭。「即使你們以為聽到我在求你們
開門，也絕對不能開，一定得等太陽出來才行。答應
我！」爸爸喝令道。

　　「不，爸爸，求求你陪我們，別離開我們，拜託
你，爸爸，求求你！」現在我必須很慚愧地說，在那千
鈞一髮之際，我並沒有很勇敢。

　　碰！碰！碰！碰！眼看門就快垮了，怪獸書女士慌
亂地翻著書頁，她害怕極了，於是爸爸一把將她捧起來
交給我。

　　「答應我。」爸又叮囑一遍。

　　「我答應你，爸爸。」麥斯說。

　　「不，我不要，我要你陪，爸爸。」我哀求說。

　　「我沒時間跟妳吵這件事
了，梅妮薇，現在就拿著怪
獸書進密室！」

　　「好嘛，我去就是
了。」我哭著，然後不

情不願地照著爸爸的話爬進黑鴉鴉的密室，一邊將嗚嗚哭泣的怪獸書女士捧在胸前。

「好了，麥斯，該你了！」爸爸說。

由於麥斯的手又腫又痛，父親只得幫他。麥斯下梯子到半途，父親打算把難解盒交給他。

「拿去，麥斯，我希望……」爸爸的話猛然被打斷了，接著我看到整個駭人的經過。

從父親頭頂上傳來一聲石破天驚的怒吼，正上方的龍紋彩色玻璃窗應聲而碎，五彩繽紛的碎玻璃像海水一樣地向他撲落，將他從頭到腳全割傷了。接著爸爸的頭挨了一記，整個人摔在地上。

難解盒和麥斯分別朝反方向拋飛出去，麥斯重重地摔在我腳邊，難解盒則掉在我們上方某處。麥斯摔倒時，痛得說不出話來，而且左肩也被玻璃割傷，正流著鮮血。

我抬眼看到暗門開口邊，出現一對巨大邪惡、邊毛上爬滿蝨子的黃眼睛，那眼睛正俯望著我。一個硬黑的鼻子嗅著我們的氣味，沾滿口水

的嘴冷笑著露出尖利的黃牙。我認出那是《怪獸之書》裡的妖魔哈里狼。

「你們是偉大的麥氏家族最後的傳人哪，原來那個叛徒跟你們在一起！」長得超醜的哈里狼說，「我等不及要告訴我家主人，原來經過這麼多年她還活著。主子一定會賞我一頂用你們的殘骨做成的帽子。」怪獸書女士尖叫一聲，哭著跌入我懷裡，淚水糊溼了紙上的墨水。我拉起毛衣領口擋風，免得被哈里狼的口臭嗆死。

「好可愛喲，她喜歡妳耶……不過只怕她要想念妳囉，因為等我把妳老爸的狗腿咬斷後，就會過來對付你們姊弟，用大鍋子慢慢把你們煮熟餵我同伴吃。自從上次血月之後，他們就再沒吃過我煮的童肉醬了，我煮的肉醬可不是蓋的。」麥斯和我更加緊緊相擁，我們不想死得那麼悽慘。「我會把你們切成一小塊一小塊細肉……」

哈里狼再也沒機會說完他的長篇大論了，爸爸用書桌椅子猛敲他的腦袋，一把關上暗門。

「記住我的話，等太陽出來。

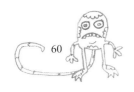

我愛你們。」爸爸悶聲吐出最後幾個字。密室裡一片漆黑，我們如何能看得見日出？

接著爸爸念了一串奇怪的咒文，頭頂上的門便「噹」地一聲鎖住了。我和麥斯猜想爸爸大戰妖魔的情形，我們聽見書房門被撞碎時，心都沉了。現在他們四對一，我們聽到刀劍砍在爪子上，怪獸呼痛慘叫的聲音。怪獸哀嚎呻吟，家具四處砰砰亂飛，還有父親攻擊

前的狂吼，在在令我們心驚膽顫。

有些聲音比其他聲音清晰，可是父親最後的

倒地聲卻是不容置疑的。麥斯、怪獸書女士和我聽到怪

獸們在一陣沉默後，爆出邪惡的狂笑時，全哭了出來。

　　「我們要來抓你們啦，孩子們！」他們打敗爸爸

了，現在正朝我們頭頂上的暗門大步走來。可惜我們命

不該成為怪獸的食物，爸爸說的一點都沒錯，地板上的

這個小洞，每吋都封上了強大的咒語和護身符，能抵擋

任何意圖闖進來的妖魔。每當凶惡的怪獸想去碰暗門，

皮膚就會著火，痛得他們哇哇大叫，他們只能焦急地在

附近亂跳。

　　「開門哪！」他們狂怒地吼著，一邊把物件往牆上

摔，並用拳頭擊碎東西。

　　無論他們怎麼做、怎麼試，我們都很安全。爸爸將

我們保護得很好，我和麥斯緊緊擁抱在一起，等待陽光

　　出現。

魔石先生

　　我醒來的時候，暗門已經打開了，陽光透過破掉的彩色玻璃窗灑進防妖密室裡。麥斯睡眼惺忪地醒來，我知道他和我一樣想著同一件事：暗門怎麼是開的？還有，是誰打開的？我簡直嚇壞了，一時間還以為怪獸終於破解父親設下的最後一道防線，攻進我們的庇護所了。等我們一探出頭，他們便迅速伸出可怕的爪子攫住我們的腦袋瓜，將我們咬死。

　　「麥斯，你想爸爸是不是沒事了？說不定是他幫我們開的門？」我低聲問。

　　「我不知道耶。」麥斯滿臉不解。

　　「我們還是盡量不要出聲，以防萬一，順便聽聽看外頭有沒有怪獸聲。」我建議。麥斯點點頭，我們兩人一起豎起耳朵。我聽不出上面有任何動靜和聲響，這裡只有我們倆。「陽光照進來了，爸爸說陽光會把怪獸燒

傷，所以我們應該很安全才對，至少暫時不會有事。你
覺得呢，麥斯？」

「我想是吧，可是門怎麼會打開呢，迷你？我記得
爸爸說，門只能從裡頭打開呀！」麥斯擔心地說。

「爸的確說過這話，可是如果門不是我開的，而你
也沒開，那會是誰呢？」我大聲地問。

「是爸爸。一定是他，對不對，迷你？」麥斯說，
「我的意思是，要不然還有誰會知道這間密室，而且還
懂得如何開暗門？」

「嗯，但願如此。」我在心裡暗暗祈禱。「爸爸？
爸，你是不是在上面？」我大喊，卻沒有任何回應。

「爸，你還好嗎？我們可不可以出來了？」麥斯大
聲問。

我們一次又一次地呼喊，卻得不到任何回答。我終
於明白了幾件令我極為害怕的事：

1. 《怪獸之書》不見了，我覺得她根本不可能打開
   暗門，更別說是爬過地面，自己攀上梯子了。

2. 在盯著麥斯一百萬秒之後（也不全是啦，因為那

表示我得瞪著他看兩百七十八個小時，其實我並沒有），我發現他的手不腫了，而且身上一點割傷或瘀青都沒有，連半滴血都看不到。

到底發生什麼事了？

「妳為什麼那樣瞪我，梅妮薇？」麥斯問。

「你到底做什麼了，麥斯？」我責問道。

「妳這話是什麼意思，梅妮薇？妳到底在說什麼？」

「你的手為什麼那麼快就復原了，還有，怪獸書女士跑哪兒去了？」我問。

「呃……我不知道。」麥斯緊兮兮地回答，「妳這麼一提起，我這才發現自己好很多了，梅妮薇。」

「嗯，有意思。那麼你認為我們兩個睡著時，夜裡發生了什麼事？」我直視著麥斯問。

「別再那樣瞪著我好不好！」麥斯哀求著，「梅妮薇，我發誓我真的不知道，我只記得從梯子上跌下來撞在地上，渾身痛得要命，我兩手都沾了血。噢，還

有，我手裡的鑽石掉在這裡的某個地方了。」

「你說鑽石掉了是什麼意思？」我震驚地問。「你把那顆怪鑽石從難解盒裡拿出來了？」

麥斯點點頭。

「可是我明明看到你把鑽石放回去了呀！」原來麥斯比我想像的還要賊。

「沒有，我把它和彈珠調包了。我覺得鑽石比彈珠棒十倍，所以就借用一下。我跌下來時，鑽石掉了，密室這麼小，應該不會跑遠的。要不要幫我找一找？」

「吼……」

我還來不及答腔幫忙尋找，頭上傳來的動物吼聲便打斷了我們。「麥斯，那是什麼？」我有點不知所措地問。

「吼，吼……」聲音又來了。

「不知道，咱們去看看。」麥斯說著指指梯子。

「嗚……汪！」聲音再度響起。

「好吧，不過我們要緊跟在一起喲！」我故作堅強地說。麥斯跟在我後面，我們小心翼翼地爬上梯子。

　　書房裡一片狼籍，看不見父親的蹤影，也全然不見昨晚那些凶暴的攻擊者。我從未見過如此狼狽的景象，而坐在父親那堆破爛頂端的，是隻奇形怪狀的灰色獨眼東西，他的尾巴末端呈白色，頭戴著帽子，小小的爪子上拎著一根漂亮的木杖。

　　「妳看，梅妮薇，我的鑽石就在那隻貓的脖子上。」麥斯說，「過來呀，小貓咪。」麥斯想把那隻動物引到身邊，可惜未果。那小東西翻翻白眼，露出牙齒

吼叫。

「來呀，奇怪的小貓咪，我不會傷害你的，過來呀，怪怪貓。」

「拜託別再叫我小貓、貓咪或什麼怪怪貓之類的好不好。你是在羞辱我嗎？我不是貓，我比貓咪高等多了。」那小東西甚為不屑地說，「還有，貓咪是很娘娘腔的說法，完全不適用本人，本大爺一看就屬於犬科——正確點說，是山狗，而且是非常陽剛的山狗。如果你們兩個笨蛋再把我當貓，我就用我那貓咪般的狗爪，一路從你們的腿部往上抓過肩膀，然後在你們脖子上咬出兩個血洞。明白了嗎？」

「是的，先生。」我們立即回答說。

「順便提一下，你們兩隻鬼頭鬼腦的小丑費了半天才曉得爬出暗門不會有事，實在讓我等得很不耐煩。不過既然現在你們上來了，大爺我就自我介紹吧。我是魔石先生，你們兩個可以喊我魔石先生，也只准這樣喊我。都聽清楚了嗎？」超級難纏的獨眼山狗說。

「是的，先生，聽清楚了。」我們兩個害怕地回答。

「很高興見到您，魔石先生。」我一邊大刺刺地盯著他眼球上的眼罩，一邊言不由衷地說。

「嗯，可不可以把那顆鑽石還我？」麥斯怯怯地問。

「當然不行，以後不准再跟我要了。」魔石先生的語氣聽了令人背脊發涼。「咱們沒時間廢話了，孩子們。你們的父親被抓走了，難解盒也是，不過並不是所有的東西都弄丟了。怪獸們要的是盒子裡的東西，不過盒子關著，他們又沒有辦法解碼，所以在你們父親說出密碼之前，他們不會殺他——這樣是幸也是不幸。幸運的是他不會死，不幸的是他們會把他帶到魔王面前。一旦到了魔王手裡，魔王會為了取得密碼而折磨他。我猜你父親撐不過一兩天的，所以你們若想他活著回來，咱們就得趕快行動。」

「我們怎麼知道能不能相信你，誰知道你是不是在白天幫怪獸工作的人？」我疑心重重地問。

「我才不在乎妳這個沒大腦的小麥無畏信不信任我哩！」魔石先生吠道，「不過妳要再敢影射本人是怪獸

的奴才，我就挖出妳的右眼，讓妳跟妳現在死盯著的人一樣，也戴眼罩。」

我火速移開眼神，覺得被對方看出來實在很丟臉。

「好啦，我先說明一些事，好讓你們兩個蠢蛋願意考慮和我一起應戰。治好妳那個鬼靈精老弟的就是本大爺我，本人念了幾句咒語後還幫他舔傷口，照顧可愛的怪獸書女士的人也是我。是我打開密室的門，將她從怪獸害怕的陽光下移開的。我想我若不出手，你們兩個笨麥無畏，還會像一對流著鼻涕的呆子一樣，在黑漆漆的密室裡滿地亂摸，直到餓死為止。好啦，如果我們運氣不錯，而你們也還想要有個爸爸的話，咱們或許還能救出你們心愛的曼菲德‧麥無畏，以及這個世界。」

我一點也不喜歡魔石先生的說話態度，可是我們甩不掉他，至少目前沒辦法。

接著魔石先生的尾巴從身後露了出來。他的尾巴上捲著一個墨綠色的天鵝絨袋子，裡頭好像裝著方形的大物件。

「嗨，梅妮薇。嗨，麥斯。」袋子裡傳出沉悶、愉快、紙頁騷動的聲音，是怪獸書女士。

「妳還好嗎？」我很擔心朋友的安危。

「噢，我很好。」她回答說。

「把書還給我，魔石先生。」我哀求道。

「我不會傷害她啦，緊張小姐。」魔石先生諷刺說。

「你對梅妮薇講話客氣點，魔石。」怪獸書女士啐道。魔石先生毛毛的灰臉變成尷尬的醬紫色，我心裡有點高興。

「別擔心我，梅妮薇。魔石先生和我是老朋友了，他絕不會讓我受到傷害。」她開心地說，「不過妳還是得提醒他，等太陽一下山就把我放出來，我都快得幽閉恐懼症了。」

聽到怪獸書女士沒事，我鬆了一口氣。不過我還是不太敢信任魔石先生。他的確回答了我很多問題，可是也丟給我一堆新的疑問。最後，我決定了，就算他在騙人，打算把我們送進怪獸的虎口中，這依然是營救父親的最佳機會。我們只能放聰明點，隨時提高警覺了。

「你要我們幫你什麼？」我問。

「很簡單。我要你們兩個搗蛋鬼幫我解決掉所有半途跑出來礙事的怪獸，並救出你們的父親。」魔石先生嘆道，「換言之，我要你們展現麥無畏家族的風範。我已經大費周章地把所有跟怪獸應戰時，可能派上用場的東西都準備齊了。所以，咱們現在是不是可以上路了？」魔石先生像變魔術似的，從背後拿出兩個應戰用的小背包，裡頭塞滿殺怪獸的用具。

麥斯臉上爆出一大朵笑容，嘴巴笑到都快咧到耳朵邊了。他等不及想看包包裡有什麼，我相信他一定在跟海盜神祈禱，希望裡頭有劍。

我對魔石先生和他奇特而攻擊性的援助還是不敢恭維，我說不清那是什麼，但他身上有某種熟悉的特質，一直令我不安。我必須儘快解開這道小小的謎題，否則我真的會瘋掉。

我看看麥斯，他似乎已箭在弦上，蓄勢作戰了。他看著我，彷彿想知道我下一步想怎麼做。我不管三七二十一，拎起背包說：「走吧，咱們去痛宰那些怪獸，把老爸救回來！」

哨尖鎮

　　就我所知，計劃是這樣的。由於怪獸只能在夜裡行動，但我們全天都可以趕路，所以想趕上那些擄走我老爸的怪獸，勝算還滿大的。我們只要拚命趕路就行了。魔石先生根據怪獸書女士裡的地圖，規劃出一條最短的捷徑，也是最危險艱難的一條。他要我們朝西越過哨尖鎮，進入超恐怖的噩夢——獠牙森林，然後想辦法從那兒搭船，越過霉沼污穢且細菌橫生的水域。接著往南趕路，穿越滾燙的骷髏沙漠，深入千山萬壑的喳瑪咕洛領地。魔石先生推測，我們可以在那一帶找到父親，希望能將他從魔堡裡的魔王手中救出來。

　　我知道你在想什麼……聽起來很容易對吧？錯啦！

　　怪獸把我們的馬匹全嚇跑了——更慘的是，說不定已經把馬兒全吞下肚了，所以這趟旅程只能用走的。我的包包在肩上越來越沉重，但我們才走不到三十分鐘的路。麥斯平常就是個愛抱怨的大懶蟲，如今卻似乎完全

不受背包的影響。魔石先生要我們加快步伐，對本姑娘的痠痛當然視若無睹。這位壞脾氣的狗導遊，和步履沉重的我比起來，走路竟然出奇地安靜。而麥斯的步子甚至比我還重，他像個夾帶許多炸彈的小龍捲風，一路上砰然踩響，而且還問了不少蠢問題。例如：「我們為什麼又要走這邊？」還有「等我們到城鎮時，能不能麻煩誰幫我買點泡泡糖？」

　　途中，麥斯還從地上撿起一根掉下來的樹枝，拿它模仿魔石先生拄著拐杖走路。他放肆了一陣子，直到魔石先生用眼角餘光瞥見後，從他手裡奪下杖子，連連在他頭上打了三、四下才停止。後來魔石先生把樹枝交還麥斯，不知怎地，我老弟再也不想要，便把杖子一丟，之後也安靜多了。這件事讓我覺得很好笑。

　　我們終於來到哨尖鎮的鎮中心，此地看來頗不對勁。時值下午時分，人們應該還在店鋪間穿梭，在大街上成群漫步，可是鎮上卻空無一人。有些商店櫥窗的招牌寫著「營業中」，可是卻緊閉門窗，彷

彿老闆匆匆關門，或為了逃避某種邪惡的東西棄店遠走了。魔石先生戴在脖子上的鑽石開始發出豔紅色的光芒，接著他露出警戒不安的神色。「孩子們，我要你們提高警覺，這裡有怪獸。從鑽石的亮度判斷，我看怪獸離此處不遠。」

「你是說，當怪獸接近時，鑽石就會發亮嗎？這實在太酷了，魔石先生！」麥斯高呼說。

「是啦，就你會這麼想，豬腦袋麥斯。」魔石先生

反罵回去。接著他開始嗅著空氣尋找線索，同時眼球快速地掃視四方，檢視空街上的一切。「我覺得幫忙抓你們父親的哥洛奇就在這裡，躲在鎮上某處，而且還鬧過亂。」

「糟糕！我們該怎麼辦，魔石先生？」我問。

「空氣裡飄著淡淡的怪獸汗臭味，還有，我發現他的爪印跟其他小足印混跡在一起，只怕哥洛奇已經把小鎮上所有的小孩都抓走了。」魔石先生邊解釋邊指著街上一道怪獸的足痕，以及許多不會比我的腳大到哪兒去的足印說。「至於我們怎麼辦，梅妮薇，我們得找到那頭惡獸，把還沒被吃掉的孩子送回他們父母的身邊，並搜集資訊，打聽妳父親為什麼被帶走，讓這個可憐的小鎮不再受哥洛奇的肆虐。」

「那大人都跑哪兒去了？被吃掉了嗎？」我感到驚懼不已。

「也許沒有，梅妮薇。這個鎮的大人很可能多半還活著，不過他們很危險。哥洛奇喜歡嚼小孩子的嫩骨，

這點妳大概已經讀過了。他可以從嘴鼻的腺體噴出毒氣，麻痺他們的獵物。看來這隻哥洛奇把大人們都弄僵了，以便輕易地擄走他們的兒女。太陽還照著哩，不過時間不多了，咱們得趁那怪獸睡覺時備戰。我們得準備大量解藥讓所有大人甦醒，並在太陽下山前把那頭哥洛奇解決掉，否則他將一口一口地吃掉所有的孩子。這件事很棘手，咱們動手吧，打開你們的背包。」

「梅妮薇，好刺激哦！」麥斯說，「我就要變成英雄啦，搞不好以後每次我回到哨尖鎮，就會得到許多巧克力和塞滿口袋的泡泡糖球哩——全都免費喔！我走在路上時，鎮上的人就會高喊：『萬歲，麥斯威爾‧麥無畏，萬歲！』。也許到時我就不會那麼愛欺負妳了，因為當哨尖鎮的大英雄，會忙到沒空理妳嘮！」

「麥斯，我希望下回你睡著時，怪獸書女士把你的腳趾也咬

掉。」我告訴我那笨弟弟，「魔石先生，你相信我弟會這麼無知嗎？尤其是在這種節骨眼？」我等不及聽他痛罵我弟了。

「事實上，我相信，而且我認為妳也一樣無知。」沒想到魔石先生竟如此回答。「好啦，你們兩個給我到背包裡找麻雀嘴粉、松鼠肝精、一點蝴蝶奶和花生醬。」

「是的，先生。」我有點生氣地回道。我很快找到他要的東西，然後看著他在商店的遮雨棚下，小心翼翼地將天鵝絨袋子裡的怪獸書女士拿出來，以免她被陽光燒傷。怪獸書女士一直在睡覺，她張大書頁打了個大哈欠，深深吸了口新鮮空氣。

「噢，天啊，外頭好亮。」她抱怨道。「你為什麼把我弄醒？我正在做美夢啃麥斯的小腳趾呢！發生什麼事了？」

「很抱歉吵醒妳，親愛的，不過我得再查查妳的內容。我想看──如果妳不介意的話──看看貪吃的哥

洛奇的資料。」魔石先生輕聲細語地說，聽得我渾身雞
皮疙瘩亂竄。我看看麥斯，他也是一副快吐的樣子。

　　「噢⋯⋯嗯⋯⋯好吧，你當然可以看囉，要看什麼
都行，寶貝。」怪獸書女士答道，然後將書翻到二三五
頁（我發誓她也臉紅了）。

✦哥洛奇✦

哥洛奇的胃口異於其他怪獸，由於貪吃無厭，因此成了最龐大的怪獸。他們通常是白色的，但有些哥洛奇呈輕微的淡藍色。除了對陽光超級敏感之外，他們基本上沒什麼罩門，除了一點——哥洛奇絕不能重複吃同樣的東西。如果他們吃下以前曾經吃過的東西，身體就會縮到出生時的大小。這些蠢笨的怪獸吃東西不會出錯，因此他們每飽餐一頓，個頭便快速長大。他們光是吃一口，便可以增重十二磅，整個身體長大十吋半（註）。他們是從蛋裡孵出來的，得吃光蛋殼才能生存。哥洛奇一出生就拼命吃，因為體型是他們的第一道防線。至於他們的第二個生存之道是臉部腺體噴出來的霧氣，人類吸入後若不治療將會致死。哥洛奇喜歡棲居在高度污染區舊大樓的陰暗地下室裡。

註：1磅＝0.45公斤；1吋＝2.54公分。

蒼蠅木乃伊衛生紙丸

所需材料：

- 一只大鍋子（或大攪拌盆）
- 一根木製大湯匙
- 一雙手
- 三杯水
- 一尖匙花生醬
- 二十六滴醋（任何一種醋）
- 七滴辣醬（任何一種）
- 一杯美乃滋
- 一卷衛生紙
- 一隻死掉乾透的髒蒼蠅
- 一杯未經漂白的麵粉
- 十一分鐘的直射陽光
- 一只計時器

將水、花生醬、十三滴醋、辣醬和美乃滋放入大鍋或攪拌盆中混勻。用大木匙攪成糊狀，直到聞起來像蜥蜴的屁體一樣。拉開衛生紙卷，使成一大坨。慢慢將衛生紙放入大鍋中，並用手揉成軟糊糊的團塊。仔細將乾透的死蒼蠅放到糊塊中央。加入剩下的十三滴醋，一邊檢查

看看蒼蠅的翅膀有沒有弄掉。用手將衛生紙糊揉成丸狀包住蒼蠅，擠掉紙糊球中多餘的水份，做成一顆堅固的蒼蠅木乃伊丸。把蒼蠅木乃伊拿到麵粉中滾一滾，讓球整顆沾上麵粉。聞聞自己的手指，應該臭不可聞才對！把蒼蠅木乃伊球拿到外頭，在直射的陽光下，埋十一分鐘。將蒼蠅木乃伊丸挖出來，念以下咒語，蒼蠅木乃伊丸便完成了：

哥洛奇卡都斯，古帕馬都斯，辛布，幫哥奇花。永遠別來，哥洛奇，阿里布達，烏魯奇花。

所有哥洛奇都很討厭蒼蠅木乃伊衛生紙丸，絕對會躲得遠遠的。Ⓜ

「我要你們兩個趁我做抗哥洛奇血清，治療被麻痺的大人時，去做衛生紙丸。」魔石先生指示道，「大部分材料你們的背包裡應該都有，其他的就到對街的市場

裡找，懂了嗎，麥斯？」

「是的，先生。」麥斯說。

「聽清楚了嗎，梅妮薇？」魔石先生問。

「是的，先生。」我答道。

「很好。我怕你們的記憶力和我想的一樣爛，還是把怪獸書女士帶著吧。要一字一句按她的配方去做。天色雖然暗得很快，但千萬別讓她照到日光。你們兩個隨時待在一起，還有，別惹麻煩。」（真希望他沒提到麻煩兩個字，老天保佑，麻煩不會自己找上我們。）

「我二十五分鐘後回這裡跟你們會合。去吧，別遲到。」魔石先生輕輕將怪獸書女士放回袋子裡交給我（我必須說，我很高興能拿回我的好友）。

麥斯和我很快地發現袋子裡已經有水、衛生紙卷、花生醬、木湯匙、一隻骯髒乾透的

死蒼蠅、美乃滋、醋，甚至調製用的盆子。魔石先生幾乎什麼都預先想到了，可是我們還缺未漂白的麵粉，而且還得找到辣醬才行。

「小麥斯威爾和梅妮薇小姐，咱們去找缺的材料，好嗎？」天鵝絨袋子裡的怪獸書女士悶聲說。

「魔石先生現在已經聽不到我們說話了。」我低聲說，免得被他聽見，「你和那隻壞脾氣的粗魯山狗到底是什麼關係？」

「沒事啊，我們只是老朋友而已。怎麼啦，他趁我睡著時說了我什麼嗎？」怪獸書女士害羞地問。

「沒有，他沒說什麼，可是你們兩個在一起就變得怪怪的，所以我才問。就當我沒提過這事吧。」我說，心裡不太相信她。

「咱們去找缺的材料，趕快把那個噁心的木乃伊丸做好。」我把背包綁到肩上，左手抓著麥斯，右手拿著怪獸書女士，往對街陰暗的市場走去。

貪吃的哥洛奇

市場的門沒鎖，我們便走了進去。裡頭比我想的還要暗。

幸好以前和老爸來這兒買過幾次東西，所以我們知道店在哪裡。

我和麥斯一起在走道上摸索前行，裡頭越來越暗，越來越令人不舒服了。活到目前為止的十幾年歲月裡，我從沒見過這麼悲涼的景象。一個僵住的男人擋住通往肉攤的路，他全身是上教堂的體面打扮，手裡緊抓著沙丁魚罐，扔擲的動作凝在半空。男子沒有機會把罐頭扔出去——因為哥洛奇搶先將他制住了。最令我難過的是男人的表情，他張著嘴，似乎在害怕地高叫，眼中淨是恐懼。我們越在店裡逛，就看到越多受害者，每個角落都有動彈不得的人。有些想逃開哥洛奇，有些趴跪在地上哀求，其他則像我們遇到的第一名男子，試圖想反抗

可怕的哥洛奇，卻都不幸落空。

　　「咱們把需要的東西找到，做好噁心的驅獸丸就離開這裡，免得……」

　　我沒能把話說完，因為——

　　「嗯……嗯……救我們！」有個微弱的聲音說。

　　「那是什麼？你剛才有沒有聽到什麼，還是我的幻覺？」我問怪獸書女士和麥斯。

　　「我也聽到了，妳想那是什麼？」老弟問。

　　「孩子們，我們得提高警覺啊！」怪獸書女士說。

　　「嗯……嗯……救我們！」絕望的聲音再次響起。

「……否……則他……來……嗯……我……全……了……」

　　「麥斯，扶我上這些架子，讓怪獸書女士可以俯看整間店，因為她的夜視能力很強，應該能看到黑暗裡有沒有東西要襲擊我們。」我小聲建議。怪獸書女士同意我的看法，麥斯則跟平常緊張時一樣，從口袋裡掏出解壓的泡泡糖，塞進嘴裡死命地嚼。他點點頭。

　　「嗯……嗯……啊……」那聲音聽起來

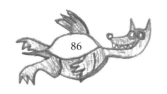

更慌亂了。

「聽起來不像我的怪獸親戚，反正小心就對了，很可能是陷阱。」怪獸書女士說。

麥斯助我攀上架子，把怪獸書女士穩穩地擺在一大瓶鹽水醃泡的長豆罐上，然後再爬下來。

麥斯覺得既然可能是陷阱，最好還是帶個武器，便往背包裡翻找。沒想到竟然找到他那把柄上刻著「麥可米勒」字樣的舊彈弓。他嚇了一跳，因為很久沒看到或使用這把彈弓了。麥斯非常善用這把小小的Y字型工器——上次使用時，鄰居的窗子幾乎全給他打破了，結果就被老爸沒收了。我看得出麥斯很高興能找回這把舊彈弓當武器，這使他在跟怪獸開戰前，信心提增不少。

他數度檢查彈弓的橡皮，拉開到手肘處，就射擊位置，然後突然鬆開橡皮。「看來狀況很好，不過我應該先小試一下，看瞄得準不準，用不用得順手。」說著又伸手到口袋掏泡泡糖。他熟練地將一顆蘋果口味的解壓球放到彈弓上，瞄準五十呎（註）外的豆蔻粉瓶，我還來不

註：1呎＝30.4公分

及喊「麥斯，那樣做真的不妥」，他就把糖球射出去了。

泡泡糖球立即擊破豆蔻瓶，瓶子從架上翻落，跌在一堆同樣易碎的瓶罐上，接著是一串連鎖效應，乒乒乓乓巨響不已！地板開始巨烈地搖晃了，地底下有個東西在低吼，並從市場地底下往上鑽，那是個龐然巨物。

突然間，哥洛奇從距離我們幾吋外的地方冒了出來。我們這輩子從沒見過這麼巨大的生物。爸爸有一次帶麥斯和我到動物園看大象，這頭哥洛奇至少有大象的三倍——而且恐怖程度還不止三倍。肥大的臉像爬蟲類，用四隻巨大的爪腳行走，為了支撐肥嘟嘟的大肚子，腳都給壓扁了——而且肌肉被鍛鍊得強勁有力，可以將人踢成兩段。

怪獸書女士高聲慘呼：「救命……啊，梅妮薇！」我的耳膜都快被震破了。哥洛奇用一隻巨大泛黃的白爪將她擄了去，而且正用髒污的爪子刮著她敏感的書皮。

就在這時，我終於發現剛才那些怪聲是從哪兒發出來的了。哥洛奇的另一隻腳爪上抓著一條生鏽的長鐵鍊，所有哨尖鎮的失蹤兒童全被用項圈拴在鐵鍊上。我們聽到的，就是他們從底下傳來的微弱呼救聲，哥洛奇將他們藏在地底下的窩裡。無助的淚水自他們哭紅的雙眼奔流而出，淌在悲傷骯髒的臉龐上。他們全都驚惶失

措，哥洛奇把他們都鍊住了，因此當他避開陽光去打盹時，沒有人能逃得了。那是個令人震驚而心酸的畫面，令麥斯和我這兩個麥無畏家的人義憤填膺——不，應該說令我們痛下決心，要把怪獸宰得片甲不流。

我們非想點辦法不可。

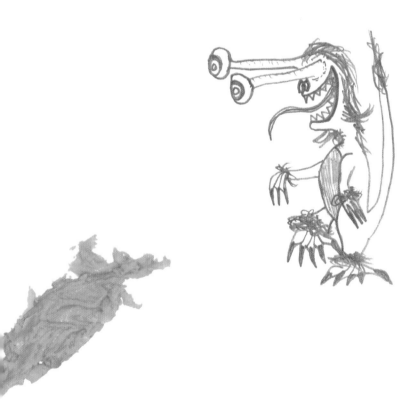

獵怪計劃

　　混亂中，我和麥斯趁隙擬出一個拯救哨尖鎮小朋友的計謀。我留下來應付哥洛奇，麥斯則趁這個機會衝出去辦他該辦的事。

　　「嚕哇，嚕哇！」哥洛奇吼道，並用始前時代頭顱上的那對大牛眼四處掃視。他看起來像條胖大的火蟋蟀，而且肥腫難看的臉上還長了彎彎曲曲的角。「我討厭我的肚肚和我一起被吵醒，不過我想，雖然沒睡好覺，但硬被吵醒後能吃掉兩個小麥無畏，應該會讓我們開心很多，你說是吧，肚肚？」哥洛奇撫著飢腸轆轆的大肚皮說。

　　「很抱歉打擾您睡覺，哥洛奇先生，可是那又不能怪我。」我用他的母語──怪獸語說（人類是不許用的）。「您要知道，是麥斯不小心用泡泡糖打破豆蔻粉

罐的，我保證以後不會再發生了。不過我有個想法，也許能對您有所補償。」

「這樣吧，您何不放掉這些孩子，把我的好友還給我，然後咱們大家全離開這裡，就當啥事也沒發生過如何？之後若您願意，我和麥斯會再回來這裡，幫助您入睡……永遠不再醒來。」

哥洛奇聽到我竟能和他的怪獸夥伴一樣與他溝通，顯然非常困惑。我看得出本姑娘的直言無諱令他一時間不敢造次。我的計劃是拖住哥洛奇，別讓他把我給吞了，然後等麥斯準備好計劃B。

「別傻了，妳吃起來一定很可口，小麥無畏，妳想得太美啦，我的肚皮可不許我讓它挨餓，妳若以為大爺我這種怪獸會放過妳這小女孩，那妳就瘋了。」哥洛奇用鼻涕橫流，噁心至極的鼻孔重重吸了幾口氣，他的鼻孔像槌頭鯊的鰓子一樣忽張忽闔。

「不知道妳那個膽小如鼠的弟弟逃哪兒去了，嗯？他還滿正常的嘛，一定是躲在某個角落發抖。我嗅得出他還在這附近，我等不及想找到他啦！噢，我好愛慢慢啃噬小弟弟的腿，加上姊姊在一旁害怕地看著我吃掉她

弟弟……我最愛這種怪獸大餐了。」

　「我倒不擔心麥斯，哥洛奇先生，我比較擔心你不肯放人。可惜你做了那樣的決定，本姑娘絕不容許你傷害任何哨尖鎮的人。」看到我對他的威脅毫無反應，哥洛奇大感不解，不知該拿我怎麼辦（我可不希望他選擇把我吃了）。

　「你總該有個名字吧？我要知道麥斯和我宰掉的第一隻怪獸叫什麼名字。」我繼續跟他閒扯淡。

　「簡直是胡說八道！沒錯，大爺我有名字，叫葛瑞伯，葛瑞伯·哥洛奇。妳為什麼不怕我？妳應該要嚇得發抖才對啊，妳有毛病嗎？」葛瑞伯懊惱而狐疑地問。

　「你在開玩笑吧？你一點都不可怕嘛！」我謊稱說，「你看起來個性很溫和耶，可是現在你做了那麼多壞事，也該受點處罰了。」

　哥洛奇不喜歡我的回答，一點也不喜歡。「妳腦子有問題嗎，孩子？只有白癡才敢這樣跟我講話。」葛瑞伯怒道，「我向來是最不溫和、人見人怕、鬼見鬼愁的惡

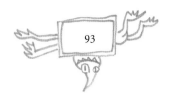

獸。我餓了，妳把我惹得很毛，我要立刻吃掉妳。」

葛瑞伯張大嘴向我直衝來，朝我的腰一口咬過來，但本人動作迅捷，大胖子咬不到。

「你好壞哦！」我說。

「妳就抬起可口的臉讓我吃吧，我實在受夠妳的廢話了，妳要是再多說一句，我就把鎮上所有被我吃掉的人吐出來。我很不想那麼做。我痛恨嘔吐，倒不是因為我不想把吐在地上的穢物吞回去，我會吃，也很喜歡吃別人的嘔吐物。」

「只是一旦我把東西吐出來，就不能再吃回去了，所以才會如此痛恨嘔吐。妳不覺得那樣很可惜嗎？」噁心的哥洛奇問，又試著咬我。

「是啊，你怎麼說都行。」我再次躲過他的攻擊。聽他講嘔吐的事，我都快吐了，一想到他把我嘔出來的東西吃下肚，就更令人作嘔。麥斯得加把勁了，因為葛瑞伯・哥洛奇遲早會歪打正著，把我一口吞下去。他的攻擊越來越精準了。

「嘿，鎮上還有其他怪獸嗎？或者你是麥斯和我在哨尖鎮唯一能宰掉的怪獸？」我再度避開一次猛

咬。

　　哥洛奇氣喘噓噓地說：「跟妳談個條件吧，如果妳肯乖乖走進我嘴裡，我答應細細品嚐妳的每口滋味。不過如果妳再逼我東奔西竄，我就只好用最痛苦的方式，慢慢將妳折磨至死。」哥洛奇吼道，然後再次逼向我。

　　就在這時，麥斯拿著彈弓出現了。他拉開弓，出奇神準地將一粒葡萄口味泡泡糖射入哥洛奇的喉裡。

　　「嗯，葡萄的。這是主餐前的開胃菜嗎？你們這兩個小鬼挺會想的，不過我不能再讓你射一次了。」哥洛奇說著奮力拍著尾巴，整個房間像地震似地搖了起來，害我差點跌倒。

　　麥斯一個失衡，摔在地上，將剩下的一把葡萄泡泡糖球全撒了。由於他口袋裡沒有其他兩顆相同口味的泡泡糖了（因為他最討厭葡萄口味的，所以總是留到最後才吃），麥斯至少得奪回一顆，才有辦法對付哥洛奇。

　　「你們兩個頑皮的麥無畏肉球很快就會陣亡了，到時我再把你們撕成肉條。」全世界最憤怒的哥洛奇吼道。

　　他四處亂打，用笨重的軀體將店裡所有東西翻倒，大肆破壞。那些被鍊住的可憐孩子被扯得東倒西歪，眼看情勢已經快要失控了。

　　麥斯勉強避開哥洛奇掃過來的尾巴，差點就被擊中頭部。

　　可憐的麥斯一直抓不到滾來滾去、迫切需要的紫色糖球。每當快抓到寶貴的紫糖球時，葛瑞伯就出面阻

撓，要不就是糖球滾到哥洛奇踩來踩去的腳邊，害麥斯不敢冒險去拿。

還剩四顆紫糖球了，糟糕的是，葛瑞伯還踩壞了其中三顆，所以我們只剩下最後一次機會了，但願糖球被踩壞之前，能夠搶得回來。我們眼看著最後一顆糖球從哥洛奇腳下滾到角落──機不可失，我得來個調虎離山，讓麥斯搶球並射入葛瑞伯的大嘴裡，否則我們兩個就都完了。

「喂，大肚腩！在這兒啦，死胖子。」我用最不恥的聲音羞辱他，「你是怪獸界的恥辱，胖到連十一歲的女生都抓不到，乾脆自個兒撞牆了斷吧。」

「哇嗚……夠了！妳死定了！」哥洛奇氣憤難忍地大吼。

我八成戳中他的痛處了，因為葛瑞伯將所有注意力轉回我身上。但願這能幫麥斯爭取到足夠的時間奪回糖球。

哥洛奇低頭衝向我，像頭出擊的公羊，而且還拖著鎮上「一長串」的小孩。這回他動作太快了，頭骨上一支飾角擊中我的肩胛骨，我像布娃娃似地被拋到半空中，重重地摔在地上。痛徹心扉！我忍不住哭了出來。

葛瑞伯這下子可樂了。「我是不是聽到哭聲啊？噢，妳好體貼呀，」他心滿意足地說，「梅妮薇，等我吃妳的臉時，妳不必費心做淚醬給我配菜，我的肚子和我都覺得妳不用加淚醬就很美味了。」

又是一陣天搖地動，哥洛奇再次發動擊。這次他張大嘴，存心置我於死地。我連忙找東西抵擋，只在地上搜到一把槌子。我拚盡吃奶的力氣，把槌子往他臉上扔。槌子雖然沒擊中他，卻發生了神奇的事——葛瑞伯避開擲來的槌子時，腳拇趾不小心撞到店裡的石牆，撞擊的力道很大，他的拇趾趾甲應聲斷裂，血像泉水般地湧出來。

「唉喲喂呀！哇！哇！哇！我的腳趾！妳這討

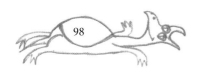

厭、可惡的小鬼，看妳幹了什麼好事！等我一抓到妳，一定把妳壓成肉餅，一把打碎妳的脊椎，把妳當手風琴彈弄。唉喲，我可憐又飢餓的腳趾啊！」他哀號連連，不斷繞著圈圈。

「迷你，妳沒事吧？」麥斯從我身邊冒出來問。

「我傷得很重，不過還撐得住。」我答說，「拿到泡泡糖了嗎？」

「拿到了，迷你，我拿到了。」他瞪著我的傷口說。

「別管我了，麥斯，快把那隻怪獸打回原形！」我邊哭邊說。

「喂，哥洛奇！我來幫我姊姊報仇了！」麥斯對著恐怖的哥洛奇大吼一聲，然後開射。

眼前的畫面都變成慢動作了，麥斯和我盯著紫色糖球飛出去，心中拚命祈禱。

哥洛奇發現朝他嘴巴急速飛來的是什麼東西後，臉上的表情從原本的痛苦頓時化成絕然的恐懼。哥洛奇腳痛，正張嘴喊到一半，而剋星紫糖球卻離他臉部幾吋而已。

　　我的心在狂跳，全身都能感受到每一下脈動。時間靜止了，麥斯真是神射手，哥洛奇終於要倒大楣了。糖球直射目標——卻不是我們需要的目標。我聽到「噹」的一聲，糖球撞在哥洛奇的利齒上，完完整整地彈到地上，然後就被哥洛奇踩扁了。

　　我們完蛋了。

　　「可憐的小麥斯和他討人厭的姊姊梅妮薇。你們的希望全落空了吧？你們已經一無所有啦！」哥洛奇說得是實話，在那最後一瞬間，我真的相信一切都完了。但麥斯不這麼想，他再次舉起彈弓，把從地上找來的一件東西直直射進哥洛奇嘴裡。

　　「這次你送我什麼好吃的東西？」哥洛奇氣定神閒地問麥斯，「我還滿愛吃的，外頭吃起來硬硬黏黏的、有點鹹，而且帶點脆脆的起司味。嗯，越吃越好吃，也許是我這輩子吃過最美味的東西了，不過好像有點熟悉的感覺。在你們兩個被我咬死之前，你一定得告訴我這到底是什麼東西？」

　　我看著弟弟，因為我也不知道那是什麼玩意兒。

「是你噁心的腳趾甲，你在吃你自己。」麥斯臉上帶笑地說。

「你竟然下毒毒我！我中了兩個小白癡的毒了，怎麼會這樣？」葛瑞伯悲號，「這麼多年來我吃下那麼多東西，才能長到今天這個規模——我得花多少時間才能再長回來啊？我怎麼會遇到這種慘事……」體積超大的哥洛奇迅速縮小，傾刻間已變成幼蛙大小了。

（麥斯真是做得太漂亮了，因為哥洛奇孵化時，得將自己的蛋殼吃掉才能出來，所以往後若吃到自身的一部分，結果一樣有害。）

「幹得好，孩子們。」魔奇先生突然冒出來，他拎起無助的小葛瑞伯，放進嘴裡吞下去。

「哎呀，好噁！」我說完便虛弱地倒了下去……

幻象與
崎嶇路

　　我躺在地上流血。半昏半醒時，魔石先生、麥斯和怪獸書女士則到處去救鎮上的居民。他們用魔石先生的哥洛奇解毒劑喚醒大人，然後放了所有的小孩，照料大家的傷口，讓孩子們與歡天喜地的父母團聚。

　　麥斯的英勇受到褒揚，並獲贈終身免費的泡泡糖球（正如他所願，麥斯貪心地將所有的口袋塞滿糖球），他是哨尖鎮的「除害英雄」。

　　這實在令我忿忿不平，他們好像覺得我和這件事一點關係也沒有。也許是因為我受了重傷，幾乎都處於昏迷狀態，所有英雄的光環都集中到「偉大的麥斯威爾·麥無畏」身上。這位大英雄跟「那個受傷的可憐女孩」

同住在街上那頭。鎮民完全無視本姑娘是麥斯的老姊，而且是為了拯救大家才受傷的事實。當我痛苦地躺著等人來醫治時，只聽到大家說：「噢，是那個奇怪的麥無畏女孩啊，我看她大概沒救了。」以及「我很不想這麼講，可是幸好躺在那裡的不是我家女兒。」至少應該有人稱讚我很勇敢吧，可是沒有，半個人都沒有。

　　麥斯和怪獸書女士開心地向鎮民示範如何調製驅魔藥，以防萬一。鎮民再次表示感激，不斷地拿各種好吃的東送麥斯，並稱謝連連（但沒有人來感謝梅妮薇）。當我渾身疼痛地被晾在一邊，看著集三千寵愛於一身的麥斯時，我才發現自己並不需要鎮民的感激或讚美，我純粹只是想幫忙而已。在所有鎮民都受到照料後，魔石先生終於來幫我了。他用毛茸茸的臂膀抱起我，將我輕輕放到馬車後邊。

　　「妳剛才真的非常勇敢，我以妳為榮。」他說，然後為自己耽擱良久才來幫我表示歉意。他解釋說，他得調製一種強效的複雜藥方，才能幫助我的傷口迅速癒合。

　　「我知道妳很痛，可是我得警

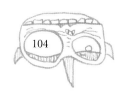

告妳，這藥方有奇怪的副作用，妳可能不會喜歡。」他用一種嚴肅但關切的語氣說。

「噢，好吧。」我說，我只希望肩上的疼痛趕快止住。

「好，把頭往後仰，張開嘴。」魔石先生扭開銀色手杖的柄端，露出裡頭的小凹洞。他把杖子倒過來，掉出一個小小的藍色瓶子，瓶上塞著小小的藍木塞。

接著他拔開木塞，把藥灌進我喉嚨裡。

那是我這輩子吃過最難吃的東西。等藥流進胃裡，情況又更糟了，感覺上像喉嚨著了火，我的舌頭都快融掉了。片刻之後，我的嘴終於稍微恢復正常。事實上，這帖藥唯一的副作用——除了暫時將我的牙齒變成螢光藍、噁心的食後感，以及舌頭上長出一叢叢發癢的毛外，就是麥斯那張臉。他竟在一旁嘲笑老姊的種種不適。我對天發誓，等肩傷痊癒後，就將他勒死。

「媽呀，那裡頭是什麼東西啊？」我發現肩膀很快就不痛了。

「某種由臭鼬肝油、切碎的鹿膀胱，還有糞⋯

…」魔石先生才說沒幾句，就被我制止了。有些事，我這種年紀的女孩並不需要知道。

「妳就放輕鬆，躺下來讓藥慢慢生效吧。」魔石先生說著將拐杖拼回去。

我聽了魔石先生的話，狠狠瞪了麥斯一眼，並儘可能讓自己舒適些。我們在哨尖鎮耗掉不少寶貴的時間，若想趕上父親，就得儘快上路。滿懷感激的鎮民提供我們飲水、食物、毯子，以及最快捷的馬匹幫我們拉車。

魔石先生急急揮動韁繩，領著我們向可怕的獠牙森林疾奔。

這藥效實在驚人，神奇的療效發揮作用，將我肩上

深長的傷口治好了，感覺上就好像有百萬螞蟻雄兵在幫我重建，讓我能再次英勇地應戰。不過這帖藥卻幫不了魔石先生，他一心想彌補浪費掉的時間，所以拚命趕馬，馬兒邁動四蹄狂奔，載著我們以最快速度繞過彎道和讓人屁股發疼的土塊。

當躺在星空下，一顆頭在脖子上劇烈地搖來晃去時，我稍稍闔了一下眼。就在那一瞬間，我腦海中浮現了一些奇異的景象，也許那只是魔石先生事先警告過的諸多副作用之一吧。

我似乎飄到地底的一個魔洞中，身如隱形般在牆上浮遊。我那可憐的爸爸被鍊住了，兩隻怪獸正在折磨他。其中一個是吸瓦戈，那是一種毛毛蟲般的醜陋怪獸，吸盤式的嘴上長了一大排刀牙，還有幾根蛇一樣的吸盤觸角。

❖吸瓦戈❖

這些顏色慘白、像毛蟲一樣，專門吸取人記憶的吸瓦戈，是極端卑劣的一種怪獸。吸瓦戈唯一的食物來源，是受害者腦中的記憶與情緒。他們有鋸齒狀的大吸盤，裡頭長滿一排排針尖似的細齒，幫他們尋找獵物的記憶。吸瓦戈有六個吸盤狀的長觸角，能牢牢抓住獵物，他們的嘴巴可以張到平時的七倍大，各種頭顱大小都難不倒他們。對這些專門吸取記憶的怪獸來說，任何人類或動物的頭蓋骨都不嫌大。

被吸瓦戈吸取記憶之後，受害者往往只剩下一副腦袋空空的肉殼子。吸瓦戈雖是瞎子，卻能以極其敏銳的嗅覺和味覺輕易地在黑暗中捕獲獵物。吸瓦戈會分泌大量口水，能精準地用渾濃的口水射中目標。這些怪獸常用這個方式嚇昏獵物或讓對方看不見，藉機攻擊或開溜。吸瓦戈討厭寒冷，喜歡住在窄小溫熱的地方。有些較年老的吸瓦戈鍛鍊出一身歹毒的本事，比那些年輕的吸瓦戈更加危險。所有的吸瓦戈都是背信欺瞞之徒，無論在任何情況下，千萬不可相信他們。

驅怪偏方
冷凍芥茉湯

所需材料：

⚠️ 一只大鍋子（或大的攪拌盆）

⚠️ 一根大銀湯匙

⚠️ 用來吠叫的嗓子

⚠️ 一雙手

⚠️ 一顆煮熟的蛋

⚠️ 一茶匙家裡的灰塵

⚠️ 兩束自己的頭髮

⚠️ 一杯芥茉

⚠️ 三隻死螞蟻

⚠️ 兩杯冰

⚠️ 十三束狗毛（越乾越臭越好）

⚠️ 一只計時器

將煮好的蛋（連殼）、家裡的灰塵和自己的頭髮放到大鍋子或攪拌盆裡混勻，用大銀湯匙依逆時鐘方向攪拌一分鐘。然後學狗吠大叫五聲，再加入芥茉、死螞蟻和冰，將所有東西緩緩地以順時鐘方向攪拌一分鐘，或直

至呈塊狀為止，然後再加上狗毛。每加一束狗毛就吠叫一聲，要盡量大聲（因為要用十三束狗毛，所以表示你得吠十三次）。

用雙手把所有東西壓扁，同時念咒：噗噗皮，史瓦吸瓦戈，吸腦鬼，噗噗。雨騙子，西瓜，冷凍芥茉湯。用一雙髒手去抹最近處的乾淨牆面，然後把大鍋子放到家裡最陰冷的地方，放置隔夜，讓整個家中瀰漫著看不見的驅怪臭味。吸瓦戈若稍稍碰到冷凍芥茉湯，就會立刻感冒，若是吃進去則會致死。冷凍芥茉湯能保你平安七個月，免於被吸瓦戈吸腦。Ⓜ

　　吸瓦戈身邊那隻駭人的怪物（寫到此處我的手都還在發抖哩），我從未在《怪獸之書》裡讀過。那是一隻巨大、粗壯，重達一千兩百磅的怪獸，光憑他那邪惡冷酷的聲音，便足以令花草枯萎、令貓噴鼻血。那怪獸的眼睛如鯊魚般混濁，連眨都不眨一下。

　　他鼻若蝙蝠，長了滿口嚇人的獠牙，一道長如蛇信的叉舌不時伸出來舔著溼滑如鰻魚皮的嘴巴。他那滿佈肌肉的身軀覆著一片片鬃毛，以及深淺不一的黑色龍鱗。怪獸的兩隻魔爪緊握成拳，一對吸血鬼的翅膀收緊在背上。基本上，這是本姑娘生平見過最恐怖的怪獸。

　　「把難解盒的密碼告訴我，我就放你走，讓你再次看到你的孩子。」怪獸哄說。

　　「休想，你這妖物！」我父親大喊。

　　「我只是想讓你免於受苦罷了，曼菲德。我的奴隸吸瓦戈可以輕而易舉地把我要的東西從你腦子裡吸出來──但你會非常痛苦。

　　每次他一吸，就會竊取你更多的記憶，直到半絲都不剩。我想你不會希望那樣吧，曼菲德‧麥無畏，梅勒頓之子。梅勒頓是馬汀的兒

子，馬汀又是曼瑞克的兒子，曼瑞克的父親就是我的宿敵——麥可米勒·麥無畏。」

「所以麻煩你，趁我還沒失去耐性，不會不小心宰掉你之前，把我想知道的告訴我吧。」可怕的怪獸咬著牙說。

「我是麥無畏家的人，絕對不會上你的當，妖孽！」我爸直接朝怪獸臉上吐了一口口水。這招實在不聰明，後果滿慘的。長角的怪物開始用爪子痛擊我父親。

我真想將自己從這夢魘般的景象中撼醒，可是我辦不到，我被困在夢境裡，就像我父親一樣逃不開。

接著那妖物彈了一下手指，示意吸瓦戈吸取我爸爸的腦袋。

「嘶——是的，嘶——主人，嘶嘶——謝謝你，嘶嘶——主人。」吸瓦戈涎著口水說。

我為什麼醒不來？我不想看啊。

吸瓦戈張大吸盤嘴，露出成千根細小的針齒。

當他將那張蟲嘴貼到父親頭上盤緊，準備吸取他主人要的資料時，口水沿著爸爸的臉上淌了下來。吸瓦戈

的肚子開始咕咕亂叫。爸爸的叫聲好悽厲（到現在想起
我都還心有餘悸），這也是我頭一回看見父親掉淚。兩
隻幸災樂禍的怪獸開心極了。

「嘶——讓我——嘶嘶——進入你——嘶嘶——腦
裡，嘶嘶——麥——斯嘶——無畏——嘶。」吸瓦戈嘶嘶
有聲地說。「嘶嘶——主人——嘶——要——嘶嘶——密
碼。」

　　爸爸極力抵制，不肯回應魔王的審問，可是在吸瓦戈巨大的吸盤下，什麼祕密都藏不住。吸瓦戈享受了父親第一口多汁的麥無畏回憶，竊取他珍藏在心底的寶貴時光。爸爸再抵抗也是枉然，吸瓦戈野蠻地吸著，直到他要的答案從父親腦海中流出。

　　「你可以住手了，奴隸。也許待會兒我還用得到他。」可惡的鯊眼妖魔說，「我怕你把他毀了。」

　　「嘶——是的，嘶——主人，嘶嘶——聽您的吩咐就是。」吸瓦戈必恭必敬地說。他大嘴一鬆，放開幾乎停止呼吸的父親。

　　此時魔王終於得到難解盒的密碼了，他再也沒有忌憚。魔王巨大的手指轉著複雜的圖形，直到將盒子打開。然而，原本勝利得意地露出滿口利牙的魔王，卻冷冷地蹙緊了眉頭。「它在哪裡，曼菲德？」妖魔怒不可抑地尖叫道，一邊用長而有力的手指將一顆無用的彈珠捏碎。

　　當我父親了解他的搗蛋鬼兒子做了什好事後，臉上露出淡淡的笑容，輕聲對自己呢喃，「麥斯。」然後心臟便停止跳動了。

　「不！」我狂亂地尖叫著醒來，心跳急若擂鼓，全身汗溼。麥斯被我嚇了一大跳，他手一揮，不幸把魔石先生握在掌裡的韁繩打掉了。

　「謝謝你啊，麥斯。」山狗不高興地說。他一手按著帽子，一手去撈鬆脫的韁繩。更糟的是，魔石先生脖子上的鑽石開始發光了，馬兒似乎受到驚嚇，想當然耳，是躲在林子裡的邪魔在作祟。

　馬兒開始嘶叫人立，慌亂地朝夜空狂踢，毫不受控地加速奔馳，東奔西竄。

　「想點辦法呀！」怪獸書女士每急切地說出一個字，封面便翻一下。麥斯扶著前座的扶手，同時努力抓緊怪獸書女士。馬車劇烈地上下彈跳，我被拋到半空中，整個人翻出溼泥的地面，越過獠牙森林的長草地，最後重重地摔下，看著其他人失控地沿著道路急馳而去，拋下我一個人。

獠牙森林

夜裡被獨自拋在獠牙森林裡，實在讓人很難高興得
起來。更慘的是，我全身沾滿了髒泥，我寧可用我的右
腿去換一次舒適好澡。我的身上佈滿草渣、汗水和泥
巴，我的心情奇糟無比。

看來我只能等魔石先生、麥斯和怪獸書女士回頭來
找我了，希望他們能很快回來。我知道他們一定會來找
我——如果他們還沒分散，也都沒事的話。而且我也不
想漫無目的地在陌生的林子裡亂跑，
迷途得更慘。因此我叉著腿，坐在
原地等候。我聽到蟲鳴及高處
傳來的夜梟呼聲。千年老
樹詭異地橫在上空，由於樹

枝生得粗壯無比，彼此間距不過數吋而已。有些枝幹與其他相抵，在地面上映出纏結嚇人的陰影。

我在不遠處找到麥斯的背包，心情稍稍好轉一些。背包不知怎地隨著我掉出車外，卡在樹樁的凹洞裡。一拿到背包，我便拿出一件麥斯的乾淨襯衫，開心地用它擦淨身上的污泥，我希望襯衫永遠留下污痕。哼，這麼做的確讓我心情大好。我還找到一些大片牛肉乾，都被我三兩下放進嘴裡了。

時間一分一秒地過去，依然不見麥斯、魔石先生或怪獸書女士的身影，等著等著，林子也似乎越來越暗，越來越陰森了，我變得緊張兮兮的。在寂靜的黑暗裡，唯一陪伴我的是自己的心跳聲。也就是在此時，我才發現蟲鳴止住了，貓頭鷹也不再對著月亮呼叫，萬物突然一片死寂。我驚覺不妙，感到有人偷偷在監視我。

「嗚呼哇，哇，哇，啊嗚！」我聽到不知名的東西在我身後嚎叫。

凶殘的高嚎聲意味著嗜血與飢餓，我四下顧盼，看能不能找到聲音的出處，

但天色實在太黑了。

「啊嗚，我來抓妳了！」又是另一記咆哮，這次比上次來得近。

這聲音實在令人頭皮發麻，我警覺地四處慢慢繞著圈子，等著監視我的東西現身。

「我上次沒逮到妳，麥無畏。」野獸般的粗聲在四面八方迴響著，聲音來得更近了。不管出聲的是誰或是什麼東西，他顯然在捉弄我，而且想在攻擊我之前先嚇唬我。你猜怎麼著？這招還滿管用的。

「我來了，梅妮薇。」神祕的怪獸聲說。

我很確定在怪獸攻上來之前，我已經沒什麼時間了。我若打算還擊，就得先弄把武器來。

我縱身去抓麥斯的背包，同時聽見怪獸踩著落葉，沙沙有聲地疾馳而來。在我還不及拿到袋子前，便被人抓住腳踝，整個人倒吊過來了。

「哇嗚！妳沒機會啦，我的小肉團。誰知道妳在那裡頭藏了什麼機關？」是熟悉的哈里狼的聲音。

所有的血液突然都往下衝進我的腦門裡，我的臉漲

得醬紅。哈里狼有力的手爪緊緊將我懸吊在半空中，我伸出一雙肉拳痛毆他厚實多毛的骯髒皮毛。

「哈囉，麥無畏，自從上次匆匆一別，妳想不想我呀？我知道我很想妳……很想把妳吃下去哦！」哈里狼熱呼呼的口臭從狼牙間噴到我臉上，惡臭撲鼻而來，感覺像剛剛切過上千顆生洋蔥。

「放我下來！」我尖聲大叫，拚命掙扎。「我爸爸呢？你把他怎麼了？你這個惡魔。」

「就是不放，怎麼樣？至於妳的第二和第三個問題，哼，我家主人抓到他了。」哈里狼輕輕吠說，兩隻巨大的黃眼眨也不眨地盯著我。

「他急著想拿到難解盒裡的東西，所以直接飛到這裡把妳老頭帶回魔堡刑求了。也就是說，他可能已經去見老祖宗啦。抱歉了，我的小點心！」

聽到這裡我簡直嚇壞了，我想到先前看到的景象也許不是夢。不，我心想，那不可能是真的。可是爸爸需要我，我非逃走不可。

「妖物，如果你還

想活命就放我走，因為我的朋友隨時會帶救兵，從哨尖鎮趕過來！」我嚇唬哈里狼。

「就是馬匹被我嚇著，因為他們，我才能找到妳的那幾個嗎？等我吃妳的時候，他們只怕聽不到妳的尖叫了。」哈里狼嘲弄道，口水一滴滴落在我臉上。

「妳的謊話嚇不了我，梅妮薇。順便告訴妳，我看很難有人能再離開哨尖鎮或住在那兒了。我的怪獸朋友葛瑞伯就在那兒，說不定在我說這話時，葛瑞伯正在解決最後幾個笨到不肯離開的鎮民哩。」哈里狼溼熱的口臭令我作嘔不已。

「你知道嗎？你真的該吃點薄荷糖。」我說，一邊偷偷瞄著麥斯的背包。

「妳在說什麼廢話？我的口氣很芬芳咧。」哈里狼故意朝著我的鼻子哈氣。「所有女哈里狼都愛得要死。」

我真想一頭撞死。「才怪，我真的會被你的口臭毒死——就像我和麥斯解決你的肥朋友葛瑞伯一

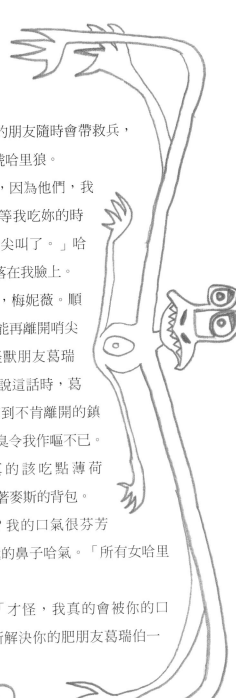

樣。」說著我轉開頭，找空隙吸
點新鮮空氣，深怕聞到這妖物
的口臭。

「妳就甭再說大話了，小騙
子。」哈里狼啐道，「我說過，
我相信現在哨尖鎮的人已經都被葛
瑞伯吞了，他也比以前胖大了好幾
倍。妳絕對無法阻止他和他的好胃
口，就連我有的時候都有點怕他哩。」

「不，我說的是實話。」我重重喘氣吐出這幾個
字，免得嘔出來。「我們騙他吃自己的腳趾甲，等他縮
成一口大小後，我們的山狗朋友便把他吞了。好啦，我
求你放我走。你沒聽說過刷牙這檔事嗎？」

「妳好大膽，竟然不斷詛咒我的朋友。妳給我閉
嘴，乖乖讓我吃就對了。」哈里狼高嚷一聲，然後用溫
溼的臭舌頭，舔得我滿頭滿臉都是口水（這點最糟糕，
他那副髒嘴裡的細菌全沾到我身上了，真受不了）。

「等我咬掉妳的頭，啜食妳的內臟後，再把妳的軀
殼做成時髦的外套，穿著到處炫耀，應該會很好玩。這

樣可以提醒大家，那個從不懂得閉嘴，超愛說謊的麥無畏小女生是被我解決掉的。」接著哈里狼把我舉到他臭得毒死人的嘴上，流涎張大了嘴，逼得我看見他的咽喉。

我絕不會讓他這麼輕易地把我給吞下去，我奮力地扭動。「別亂動，這樣我才能把妳的頭咬掉，而不會傷到妳的身體，否則我就做不成人皮外套了。」哈里狼不耐煩地說。

「不要！」我放聲大叫。

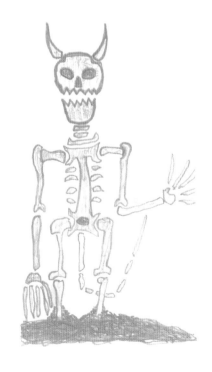

反擊

「梅妮薇！梅妮薇，妳在哪裡？」麥斯和怪獸書女士聽到我在遠處大叫，便大聲高喊。

「在這裡！快呀！」我尖聲回答。

呼喊聲使哈里狼稍稍分神，一顆毛髮蓬生的頭，對著聲音方向轉過去。為了發揮驚人的聽力，哈里狼必須將所有的障礙物移開。他將我從他敏感的耳邊挪開，我的指尖只差一點就能搆到麥斯的背包了。

「哇嗚……！」哈里狼高聲呼叫，呼聲穿透樹林，他可以從迴響的聲音中聽出一些訊息，在腦中建構出一幅圖像，顯示出方圓百碼（註）內所有的事物。哈里狼只需短短幾秒，便能找出麥斯和怪獸書女士的正確位置了。

我也只需要這麼多時間去拿背包，並拉出……一對臭靴子？

註：1碼＝0.91公尺

「他們在東邊位置四十碼處，如果他們火迅趕來，差不多要三分鐘，不過無所謂啦，到時妳早就被撕碎了。」哈里狼咯咯笑說，然後又用酸噁溼滑的舌頭，把我當棒棒糖似的，在我臉上大舔特舔。真是夠了！

「喂，臭嘴巴，我要賞你一點東西。」我噘著嘴，一邊閃躲他舔來的舌頭。

「哦，什麼東西？」哈里狼說。

「看招！」我大喊一聲，像拳擊師一樣，一拳狠狠地打在他鼻子上。只不過我手上戴的不是拳擊手套，而是一隻蛇皮靴。我一打中這妖物油分分、鼻涕亂滴的黑

鼻子時，他臉上便著火了。哈里狼痛得哇哇亂叫。

「唉喲！我的天呀！慘了，是臭腳護身符!」哈里狼痛得慘叫，立刻將我丟到地上。沒想到靴子對這個渾身長蝨子的敵人有縱火的神效，真是太令我驚喜了。我不得不承認（因為我在哨尖鎮實在過度被冷落），我真的很感激麥斯和怪獸書女士事先調製的驅狼藥（若是沒有的話，本姑娘這張臉恐怕就毀了）。

「現在該誰怕誰了？」我嘲弄他說。

「唉喲，燙死我了，妳這個邪惡的臭小孩，我以後再也聞不到味道了！」哈里狼哭道，他慌張地用毛茸茸的手拍打著臉，將鼻子附近的火焰弄熄──結果兩手也著火了。

「我一定會報仇的，麥無畏！妳給我記住，咱們的帳還沒算完！妳死定了！」

「哦，是嗎？要不要再來一點？」我威脅地朝著火的哈里狼走過去，他真的是怕了，連忙躲開。

「求求妳，別再打了！」哈里狼害怕地尖叫著，帶著一身的火，衝進森林深處去舔舐傷口了。

　　我成功了！我打敗第一隻怪獸了，而且是獨力應戰囉。我需要見證，但怎麼半個人都沒有？我才剛剛產生這個念頭，便聽到有人用毛茸茸的爪掌悶悶地擊著掌。我轉過身，看見魔石先生懶懶地靠在樹上。

　　「你在那兒站多久了？」我驚訝地問。

　　「夠久了。」他說，「幹得好。妳大概一年半載都不會再見到那隻怪獸了，妳的高曾祖父一定會以妳為傲。」

　　「真的嗎，你真的這麼認為嗎？」我說。

　　「噢，我知道他會的。對了，妳的肩膀呢？有沒有好一點？」魔石先生頗為關心地問。

　　我晃晃肩膀，然後答道：「好得很！」

　　「很好，很高興聽妳這麼說。麥斯和怪獸書女士應該很快就會趕到，我們來搭營過夜吧，大家都需要休息了──尤其是妳，噢，偉大的怪獸獵人！」魔石先生眨眨眼說，臉上似笑非笑。

　　麥斯和怪獸書女士抵達後，麥斯把我的背包遞給我，我真是感激涕零，終於能梳洗了。等我用罐裝水和

芳香的檸檬肥皂心滿意足地清洗完畢後，決定把剛才的夢魘向大家報告。

　　大夥兒環著我，圍坐在魔石先生生升好的火堆邊，聽我訴說。我告訴他們看見兩隻怪獸在折磨父親——吸瓦戈和另一隻遠更邪惡，卻叫不出名號的妖魔。魔石先生豎起耳朵，眼中泛出憤怒的紅光，不過也可能是映在他眼球上的紅色火焰所造成的吧。

　　「你知道另一頭怪獸是誰嗎？」我好奇地問。

　　「也許吧。」魔石先生說，我看得出他欲言又止。

　　「你認為我爸爸還好嗎？」我的好奇心更重了。

　　「也許吧。」魔石先生再次表示，然後陷入沉思。他為什麼不把話說明白？

　　「也許什麼？這是什麼意思？」我實在不懂。我知道他曉得一些事，我需要的答案不止是「也許」兩個字而已。

　　「今晚就別再問了，孩子們。」魔石先生只是輕描淡寫地說，「你們兩個都需要睡覺了。」說完他指指帳篷。

　　我和麥斯都不滿於山狗的語焉不詳，可是我已經累

得沒力氣吵架了，而麥斯在聽完我的奇
異幻象後，難過得不得了，也沒心情
吵。

「麥斯，我相信爸爸應該沒事。」我努力
裝出樂觀的語氣。「我看到的只是夢中的景象，如果爸
爸死了，我想我們應該能感應得到。我知道我一直沒有
這種感覺，我們會把他救出來的。」

「嗯，我想妳說的沒錯，迷你。」麥斯擦著眼淚，
然後他抓住我，緊緊擁抱。麥斯的關心更讓我相信自己
的話，我也更用力地攬緊弟弟。

之後麥斯和我抓著毯子，和怪獸書女士躺在一塊
兒。我相信哈里狼不敢再到這附近露臉了，但我還是決
定查查他的資料，以防萬一。

✦ 哈里狼 ✦

一 種粗毛、凶暴、狀若野狼的怪獸，有著怪獸異常
敏銳的感官。一般來說，他們一胎生五隻，顏色
雜陳，端視其所在的地理環境而定。發育成熟的哈里狼
（或簡稱狐狼）約七至八呎高。

他們眼大泛黃，具夜視能力，強而有力的嘴部長滿獠
牙，可撕裂人類的皮肉。這些怪獸是最凶殘矯捷的動
物。他們身體健碩，但通常自尊很低。

他們是跟蹤高手，兩手尖利的長爪，有利於砍殺。他們
本領超強，嗅覺異常靈敏，自數百哩外便能探知獵物的
所在，而且他們能攀上任何表面攫取受害
者。哈里狼很少洗澡，因此身上常長蝨
子和疥癬。

大部分的哈里狼天生擅長烹調，且對
服裝有著特殊癖好。有些哈里狼很愛
蒐集被他們吃掉的受害者服裝，還

有少部分比較有「藝術天份」的哈里狼，喜歡把受害者的殘骸製成怪獸的服裝，並在怪獸出沒的地方穿上，以示炫耀。

除了陽光之外，哈里狼的天敵只有更巨大凶猛的怪獸、憤怒的人群，和會讓他們嘴鼻著火的臭腳護身符。

驅怪偏方

臭腳護身符

．●．☀．●．☀．●．☀．●．☀．●．☀．●．

所需材料：

☖☖ 一只大鍋子（或大攪拌盆）

☖☖ 一張桌面

☖☖ 一雙手

☖☖ 鼻子

☖☖ 你自己的光臭腳丫（腳越臭，護身符的效果越強）

☖☖ 一罐打開的鮪魚罐

☖☖ 一杯馬桶水

☖☖ 六片發臭長黴的起司（越臭越黴效果越強）

☖☖ 四瓢芥茉（任何一種都行，但越臭效果越佳）

△△ 十二撮烘焙用酵母（任何一種都可以，越臭效果越好）

△△ 一雙蛇皮靴（效果最佳），若無蛇皮靴，可改用任何一般鞋子（效果雖然較弱，但還是很有用）

△△ 一只計時器

將大鍋子或攪拌盆放到桌面上，仔細將鮪魚罐、馬桶水、發黴的臭起司、芥茉和酵母放入鍋子裡。用手輕輕混勻這些材料後，聞一聞是否發出新鮮的臭味，此時你的手指上應該沾滿材料了，千萬別吐出來。

接下來，將鍋中的臭糊分成兩等份，準備放入蛇皮靴（或任何其他普通鞋子）裡。以左手把一半材料塞進右腳蛇皮靴中，再以右手將另一半材料填入左腳靴子裡。最後把自己的一對光腳丫套到左右互異的靴子裡（左腳穿右靴，右腳穿左靴）。

把噁心的鮪魚醬擠到腳趾間，同時用最大聲量高喊「屁油臭腳茲嗚喳，屁油茲嗚喳臭腳塞喳哇叉哈叉叉」，同時穿著靴子走六分鐘。

等計時器上顯示過了六分鐘過後，可以剋死哈里狼的臭腳護身符就完成了。光是那氣味，就能保你全家一年平

安，不會被哈里狼吃掉。如果哈里狼的鼻子被充滿魔力的臭靴子掃到，這隻臭怪獸身上就會著火，令他痛不欲生。M

當我躺在這裡，想像天上的星群時，我開始強烈地思念起媽媽，也益發地擔心爸爸的安危。然而躺在身邊的麥斯帶給我不少撫慰，使我寬心許多。我翻來覆去了一會兒，最後還是握著麥斯的手睡著了。

澟熱的午后

太陽一升起，怪獸書女士便躲回她的袋套裡了。我和麥斯著手收拾營地，準備長征。除了天氣之外，整個早上和下午過得都很平順。天氣的變化極劇，從悶熱變得更悶熱，最後簡直悶到最高點，超級不適合健行走路。

當我們涉向霉沼骯髒的泥水中時，麥斯一直不停地談著海盜的事！因為他從來沒搭過船，所以一直追問我們要用什麼方式越過污濁的沼地。麥斯覺得，那裡應該有艘寫著他名字的大海盜船，靜靜等候船長（就是麥斯啦）的駕臨。我最討厭他談海盜，那天他整個腦子都在想海盜的事。

「你們這些旱地的膽小鬼抓不到本大爺，因為我是人見人怕的海盜麥斯威爾‧麥無畏，是浩翰的七海之王。」我真想把吸滿汗汁的臭襪子塞進他的海盜喉嚨裡，讓他閉嘴。不過我不必那麼做。

感謝老天，我們一到沼澤的目的地後，麥斯便住嘴不再說了。看到沼澤跟海洋相差這麼遠，麥斯失望得半句話都說不出來。我猜鬼見愁的海盜麥斯威爾‧麥無畏只好等待下次機會了。不過我也很懊惱，只是理由不一樣。眼前這片蚊蟲滿天飛的臭沼澤，比我想像的還要糟糕十萬倍。惡臭撲鼻而來，蟲子在我們溫暖的脖子上叮咬，我最恨的是那股臭蛋味，只有蚊蟲和鱷魚能長年在這種鬼地方生存。根據本姑娘估計，人類在這種高度污染的地區絕對撐不了太久。

我再也受不了啦，便到背包裡翻找，結果發現幾件多出來的衣服。我快手快腳地把一件棉汗衫撕成兩片，將其中一半繞到嘴鼻上，儘可能將全臉包住。接著我把另半邊汗衫遞給麥斯，指示

他照做，但他卻把我當瘋子似地盯著。我發現布片還真的有過濾作用，能擋掉大部分有害身體的惡劣沼氣。雖然溫度滿高的，但我還是將袖子拉到手腕，把襪子盡量拉高，並套上一層層的衣服，身上只剩手部和眼眶沒蓋住，這樣我才能看得見東西。真希望我有先見之明，事先帶手套和護目鏡來。我看起來大概很像奇怪的阿拉伯小孩，或瘋人院逃出來的患者。我不在乎，我可不想染上霉沼的怪病。

麥斯只是站在那裡大聲笑。

「我不得不同意麥斯的看法，妳看起來真的很驢，梅妮薇。」魔石先生咯咯笑著，「這邊的氣味確實不佳，可也沒必要把自己包成那樣吧。在這裡被怪獸吃掉的機會，比生病的機率高多了。妳乾脆把那些奇怪的行頭撤了。」

我根本懶得理魔石先生，因為提議走這條噁心路線的人就是他，而且到目前為止，一路上都不見爸爸的身影，只看到怪獸。我忍不住懷疑這隻神祕魯莽的山狗，是不是帶著我們亂

轉。我又氣又擔心，困惑、飢餓又耐心全失，加上頭上包著布，連呼吸都很困難。

「好啦，我受夠了，魔石先生，你老實回答我，現在就說！」我喝令道。

「妳想問什麼，梅妮薇？就我對妳的了解，妳一定有一長串問題想問。」他翻著白眼。

「哼，先問一樣，我們要怎樣越過這片噁心的地方？」我沒好氣地問。

「我會在這裡和一個朋友碰頭，他會協助我們越過沼澤。我相信他很快就會到了。」魔石先生答道。「還有沒有別的妳想用比較客氣的方式問的問題？」

「有啊。你為什麼不回答我爸爸的事？還有，我幻象中的那隻神祕怪獸是誰？我好擔心爸爸、擔心我們的安危，而且我覺得你在隱瞞什麼。也許我一開始就猜對了，也許你是跟……跟怪獸一掛的！小心你後面！」我尖叫地

抓住麥斯。

　　只見一灘死水的泥濘深處，一下子冒出三隻霉敦！

　　這些長著青苔，全身髒硬的怪物從沼澤中朝著我們爬來，三隻霉敦各呈深淺不一的綠色和棕色，而且塊頭一隻比一隻大。每隻霉敦都有三隻眼睛和一口長滿細菌、擠成一團、至少有人類牙齒三倍大的亂牙。他們兔子般的大鼻子不斷抽動，且滴著溼黏的病菌。他們的臂膀長滿黴菌、粗如枯幹，一雙腿似乎又比手臂粗上兩

倍。他們每向我們踏一步，腳下就形成水坑，混濁的水從他們犀牛般的蹄子間噴出來。萬一讓他們長黴的臭手碰到，我一定會尖叫，其中一隻霉敦一直用他那三隻恐怖的眼睛盯著我瞧。

接著魔石先生出其不意地爆笑起來，笑得人都快翻過去了。麥斯抓住怪獸書和我沒命地狂逃，我們得設法活著離開這片沼澤。

我們的心臟跳得好快，雙腿奮力邁步，肩並肩地頂著臭氣疾行——直到麥斯絆到蔓藤摔倒為止。我愣了一會兒才發現他跌倒了，等我停下腳回頭找他時，卻看到魔石先生氣定神閒地站在我身後。我遠遠看到麥斯和怪獸書女士被一隻霉敦扛在肩上，朝著臭水邊緣走去。

「梅妮薇，我不是敵人哪。如果妳往那個方向走，只怕永遠找不到妳父親。這點我可以向妳保證。」魔石先生冷靜地說。

「我怎麼能信任你？」我惶然無措地問。

「妳弟弟不會有危險啦，妳也是，梅妮薇。妳仔細聽好了。」他的腳掌搭著我的肩，柔聲說道。「我知道妳有很多疑問，我答應妳，等我們把妳父親救回來後，

我會一一回答妳。」說完他抓住我的手，「我保證，梅妮薇，只要我還有一口氣在，絕對不許任何人踩麥氏家族的人一根汗毛。」

魔石先生眨了一下他的獨眼，眼中射出一道紅光，周遭的世界便似乎不存在了。時間和空間彷彿瞬間凝結，我感覺到自己以前所未有的速度在移動，但實際上我卻根本沒動。

我被一股魔力搬回沼澤邊，被霉敦們團團圍住。麥斯微笑著向我迎來，而且是滿面堆歡。

得意地笑

　　等我停下來仔細端詳那群霉敦，並看看岸邊後，終於明白麥斯為什麼會笑成那副樣子了。剛才我還以為他是在衝著我笑哩，可惜本姑娘會錯意了。

　　麥斯是為他日夜思念、談論個不停的東西而笑——海盜船！我才不在乎他的海盜夢呢，可是這真的很神奇。那艘船轉瞬間便蓋好了——不，不是蓋好，這說法不對，應該說是從水裡長出來的。各式各樣的植物、黴菌和孢子，在我們面前交織出一艘海盜船的形狀。

　　麥斯簡直如置天堂。看來有兩件事我一直想錯了，這裡必須澄清一下：

1.沼澤裡的海盜船——顯然可能是有的。
2.並非所有的霉敦都是壞蛋，這是根據《怪獸之書》第四百三十頁說的。

✦ 霉敦 ✦

這些長相一致，身上覆滿黴菌的怪獸比其他怪獸都要傑出，因為他們有獨特的本領，完全不怕陽光，而且又吃素（培根除外）。他們常住在水澤裡，在水源污濁且排水不良的地方。他們討厭修剪整齊的草地和精心維護的花園，最愛看這些地方受到踩躪。

霉敦有著奇異的再生力量，受到攻擊後，只要他們的頭部沒有受傷，就可以再生全身所有的部位。他們還有神奇的心電感應能力，能操控所有植物，使其聽令行事，因此霉敦能創造任何形狀、大小或複雜的東西，再賜與其生命（例如把單純的灌木叢變成自動搖晃的搖椅）。霉敦不像其他怪獸會被陽光灼傷或燒死，他們需要陽光來維生。他們在日間吸取陽光的養分，陽光可以抵掉他們半數的食物。

霉敦其他食物來源包括附近水源的有毒污染物，他們偶爾也會吃幾片炸豬肉。他們是游泳高手。

大部分怪獸都不喜歡靂敦，因為他們對人類採中立的立場。基本上，靂敦是一種反社會的怪獸，他們寧可離群索居地窩在自己的沼澤裡，也不喜歡成群結黨。可是某些罕見狀況下，有些靂敦會與人類為友。他們只怕火和肥皂渣漿。

驅怪偏方
肥皂渣漿
所需材料：

- ▲✦▲ 一張嘴，用來咬和吐東西
- ▲✦▲ 一只大鍋子（或大攪拌盆）
- ▲✦▲ 一根木湯匙
- ▲✦▲ 一個空的噴水瓶
- ▲✦▲ 十三枚巧克力片
- ▲✦▲ 四坨剛挖出來的鼻屎（鼻屎越多，渣漿的效力就越強）
- ▲✦▲ 三顆發黑、發黴的檸檬所榨的檸檬汁
- ▲✦▲ 一杯泡過的洗澡水
- ▲✦▲ 一只計時器

把十三枚巧克力片放進嘴裡細細咀嚼，千萬別吞下去，直到口水裡都是巧克力後，把口水吐到大鍋或攪拌盆裡，同時一邊大聲發出嘔吐聲。接著將四坨（至少）新鮮鼻屎放入鍋中，加入霉黑的檸檬汁、沐浴後的肥皂水。用木湯匙把鍋裡的東西全部一起攪拌兩分鐘，一秒都不能多。等水變成難看的褐色，上面漂著鼻屎，就算大功告成了。接著把鍋裡的東西倒到空的噴水瓶裡，並念咒：臭啦吱噗，安巴哥斯塔戈，浣熊手和油煎鍋，還有長黴的霉敦敦。這樣肥皂渣漿就做好了。到外頭將肥皂渣漿沿著居家四周每隔五呎噴灑一次（一點點就可以噴一片了），一整年便不會受霉敦干擾。Ⓜ

　　我發現霉敦不愛吃人時，便冷靜下來了，可是等我知道最大的那隻霉敦也參與綁架我老爸時，我氣極了，便使出吃奶的力氣往他腿上重重踹了一腳。一大塊碎片應聲而落，黏在我鞋上。綠色汁液像血一樣，噴得到處都是。

　　「唉喲！」那隻霉敦大叫，樹汁般的淚水緩緩從他三隻眼裡滴下來，另外兩隻霉敦生氣地低吼，正打算報仇時，卻被那隻大的霉敦制止了。

　　「那是我父親啊，你們要是識相的話，就把他救回來！」我透過臉上的布片喊道，並作勢要打他那第三隻汪汪的淚眼，這時，魔石先生卻出面阻止。

　　「不許妳再打米樂古，」山狗罵道，「要不是他，妳爸爸也許早就死了。梅妮薇，快向人家道歉。」

　　「不，小朋友，妳應該生氣的。」霉敦米樂古嘆道，然後命令黏在我鞋子上的肉爬回腿上原本的位置，被我踢傷的地方彈指間便癒合了。

　　「被妳踢算我活該，可是請妳了解一點，梅妮薇。這麼多年來，我一直在當怪獸的臥底間諜，提供人類重要的資訊，你們家族即為一例。」

「請妳相信我，我參與綁架令尊，是為了確保他的安全。我很想放妳父親走，然後假裝是他自己逃掉的，可是陪我去看妳父親的那隻屎納哥很陰險，他把令尊看守得很嚴，我實在幫不上忙。

「不幸的是，據我的內線說，令尊已經被吸瓦戈折磨過了，他們只好請尸醫幫他醫治殘破的身體。我不清楚他的心智被吸瓦戈傷害到什麼程度，不過至少目前他還活著。所以我才會覺得該向妳和令弟道歉。很抱歉我未能為令尊多出點力，但願我們能一起扭轉劣勢。我請我的霉敦朋友——斯巴拉克和馬許拉——一起來幫忙打造威猛的麥無畏戰艦，它會載我們安全地抵達骷髏沙漠

的燙沙上。但願這至少能彌補一些我對你們家人所造成的傷害，也希望有一天你們能由衷地原諒我。」

❖ 尸醫 ❖

這 些是滯留人間，老早便
死掉的醫生、巫醫、獸醫、道士、牙醫、
牙師、巫毒教祭司，以及其他被嗜血的怪獸所打死
的醫療人員亡靈。這些茫然不知何去何從、沒有肉身
又醜陋的尸醫，註定永遠要在人世間飄泊，做著他們的
亡靈唯一能記得的事──行醫治人。這些尸鬼似的醫生
會佔據傷患的身體一小段時間，病人雖能很快痊癒，卻
會從頭到腳覆上黏滑的漿液。由於尸醫不會死，所以不
需要吃東西維生，不過他們偶爾會嘴饞，喜歡把小小孩
的腳趾頭咬來吃。

驅怪偏方
神奇噴嚏

所需材料：

- 🔺🔺 鼻子，用來打噴嚏
- 🔺🔺 一只大鍋子（或大攪拌盆）
- 🔺🔺 一根木湯匙
- 🔺🔺 八湯匙胡椒粉
- 🔺🔺 一顆蘋果
- 🔺🔺 二十五個噴嚏

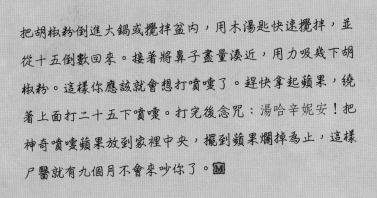

把胡椒粉倒進大鍋或攪拌盆內，用木湯匙快速攪拌，並從十五倒數回來。接著將鼻子盡量湊近，用力吸幾下胡椒粉。這樣你應該就會想打噴嚏了。趕快拿起蘋果，繞著上面打二十五下噴嚏。打完後念咒：湯哈辛妮安！把神奇噴嚏蘋果放到家裡中央，擺到蘋果爛掉為止，這樣尸醫就有九個月不會來吵你了。

　　米樂古的話讓我為自己的行為感到汗顏，我根本就不該踢他。「很抱歉踢了你。」我誠心地道歉，「也謝謝你所做的一切。」

　　「我只痛一下而已，妳瞧，我又沒事啦，所以妳就別擔心了。」米樂古窩心地答道。

　　「咱們能不能出發去救老爸了？」麥
斯哀求道。大夥兒都看得出他迫不及待地想爬上
他的夢幻海盜船。

　　「這位麥斯好像非常喜歡我們造的船，這倒讓
我想到一個點子。」米樂古用長若樹枝的指甲在
耳裡掏呀掏的，之後拔出一根針般的細刺。「你
信任我嗎？小海盜船長？」米樂古問。

　　「嗯，啊，大概吧。」麥斯答說，這回他沒去掏
泡泡糖。

　　「很好，我會盡量不讓你挨痛。」米樂古說，
「把手指伸出來。」麥斯照他的話做，並閉上眼睛，
接著米樂古拿刺去刺麥斯的手指頭。

　　「你到底刺了沒？」麥斯依然閉著眼睛，他什麼
感覺也沒有，但手指頭已經冒出一小滴血珠了。

　　「有啊，刺完了。小海盜船長，你可以張開眼睛
了。」米樂古答道。

　　「你為什麼刺他？」我問，「我的意思是，目的是
什麼？」

　　「梅妮薇呀，　我這麼做是為了送妳老弟一項他應

該會喜歡的禮物，我把我自己傳染給他了。」

　　麥斯一聽，又立刻想嚼泡泡糖了。

　　米樂古發現他的話讓麥斯大為緊張，這不是他的本意，便向麥斯解釋，他剛才做的，絕對是件好事，就米樂古所知，以前從沒有任何霉敦對人類做過這樣的事。

　　「麥斯，別緊張，你就把這根沾著你的血的刺，當做是鑰匙吧。等我將這把『鑰匙』插到船的駕駛盤上，船就永遠只聽一個人類船長的話了，而那個人就是你，年輕的麥斯威爾・麥無畏。沒有你，船永遠無法航行，它只對你效忠，無論你想去何處，它將載你而去，當你

需要它時，它將前來搭載。我想，無論你要它做什麼，它都會欣然從命。麥斯，我相信你有成為偉大船長的天分喲！」

麥斯聽了喜出望外，整個人像被海盜船的大砲轟過似地飛到了雲端上，他這輩子最大的夢想就是能擁有一艘海盜船。

這艘船上有兩根橡木桅杆，一根在前，一根在後。樹幹上的平滑枝子上，葉片緊緊交織成綠色的葉帆，橫張在金褐色的木頭甲板上。這艘船能輕易容納五十五名船員，或二十五隻怪獸，而且還有非常多的空間裝載戰利品。有八具能自動裝卸的大砲，和四部戰力超強、能源源不絕地提供的迴轉砲，這艘船必能成為海上的霸王，而且跑起來好像會比風還快呢。

（麥斯得到他的夢幻船，我卻得到無法控制的可怕幻覺。什麼跟什麼嘛！）

「米樂古……」麥斯眼裡泛著喜悅的淚光。「這是最棒最棒的禮物了，謝謝你，謝謝你，真的謝謝你。」

「等一等，」米樂古說，「還少了一樣東西，這船還沒命名，你說它該叫什麼呢，麥斯？」

　　麥斯沉思了一會兒，為自己的船取了個名字。「我想應該用我媽媽的名字——愛達蕾。」麥斯對米樂古解釋後，結結實實地擁抱那隻全身長黴的怪獸。好噁哦！

　　「那就叫愛達蕾吧。」米樂古一臉慈祥地說。他輕輕拍了拍麥斯的頭，閉上三隻眼，以心電感應溝通。麥斯微微搖晃著頭，彷彿腦袋裡有隻蜜蜂。聽見米樂古想對他說的話，令他十分詫異。

　　「麥斯，以後你就能像這樣和你的船溝通了。」米樂古在心裡說，「現在你試試看，問我一些問題吧？」

　　麥斯皺著眉集中精神，將腦波從頭頂傳送出去。「你能聽見我的話嗎？我這樣做對嗎？」

　　「聽見了，又大又清楚，年輕的海盜船長。」米樂古大為讚賞地說。「現在你可以去看你的船了，因為她知道她的名字了，而且很榮幸能把船名放上去。」

　　麥斯及時看到船名的最後一個字母神奇地浮顯出來，鮮豔青綠色的大字，橫寫在船首的右舷上。

　　正如我先前說過的，那真的是非常非常神奇（但我不是在嫉妒喲）。

航向屁納哥

麥斯果然是位好船長,他讀過那麼多有關航海和海盜的書籍,當起船長非常得心應手——除了搖晃的船身害他暈得七葷八素外。

「我會習慣的。」他一直這麼說,一邊來回地跑到船邊嘔吐。「說不定每個偉大的船長第一次航海都這樣,梅妮薇,不許笑我,一點都不好笑。」他沒吐時哀求著我。可是我實在忍不住,世界上畢竟還有正義,在麥斯適應波濤洶湧的海浪之前,本姑娘一定要盡情享受他受折磨的樣子。

怪獸書女士和魔石先生一起坐在船員室內,討論抵達沙漠後該做什麼。大夥兒討論了一會兒,然後我大聲朗讀怪獸書女士的內容,她很喜歡這樣。我本來以為航行的時間會很久,但魔石先生告訴我,我們大概會在黎

明前抵達炎熱的沙漠，他建議我最好睡一下。我聽了他
的建議，向大夥兒道晚安，在船長室找個地方躺下來，
閉上眼，很快便睡著了。

　　幾小時後，魔石先生搔咬我的腳，將我吵醒。他似
乎跟平常不太一樣。

　　「梅妮薇，希望妳睡得不錯，抱歉將妳吵醒了。」
他說，「我要妳把怪獸書女士藏到衣服裡，妳衣服穿得
夠多，應該不成問題。我把她的書套弄丟了，我不希望
她被沙漠的陽光曬傷，妳會介意嗎？」

　　「不會啦。」說著船身突然劇烈地晃動起來。

　　「妳最好現在就做。」他把怪獸書交給我。「還有
一件事──小心喳瑪咕洛！事情未必如表相所見，要勇
敢，時時提高警覺。」

　　伊能活鑽變得比先前更亮了，但我卻一直未能會意
過來──結果便太遲了。一隻屎納哥敲開房門，一把抓
住魔石先生，把他吞了下去，喀嚓喀嚓地咬碎他的骨
頭。事情來得如此突然，魔石先生根本沒機會反抗。

　　「不……！」我驚聲尖叫。

　　「嗯，屎納哥最愛吃山狗肉了。」屎納哥喃喃自語

道，這時我猛地驚覺他爪上還抓著我家老弟。麥斯昏過去了，看起來頭部遭過重擊。

「糟糕！麥斯！麥斯，你聽得到我的聲音嗎？」我大喊，「麥斯，醒醒啊！噢，慘了！你把他殺死了！」

「屎納哥沒殺小弟弟，屎納哥只聽主人吩咐，小妹妹，現在屎納哥也要像對付小弟弟一樣對妳。」說著屎納哥用他尾上的大刺球，重重地往我臉上一掃，我立刻被打昏了。

回到最初

恭喜恭喜！現在各位終於明白我和麥斯是如何被關進大鳥籠，懸在深不見底的火坑上了。真希望我能提供一份獎品，感謝大家不厭其煩地閱讀咱們麥無畏家族的怪獸回憶錄，不過此刻我還是比較想先把故事講完。

我在最開始提過，火坑深處傳來轟然的爆炸聲，兩個籠子被炸得撞成一團。煙霧散盡後，我確定了以下三件事：

1.我們還活著（很好）。

2.籠子的鎖壞了（非常好）。

3.屎納哥午休完畢了（不是那麼地好）。

等籠子不再劇烈晃動後，我低頭看麥斯，只見他正

搓揉著下巴，接著我看到一件悲慘至極的事——麥斯的腳邊躺了一隻被火燒死的蝙蝠寶寶，它全身焦黑，雖然翅膀都燒毀了，但看起來還是很可愛。不過麥斯並不這麼認為，他看看蝙蝠，扮了個鬼臉，然後把它可愛的身體踢到籠外，掉入腳下的深淵裡。壞蛋。

　　我猜麥斯是因為被炸得像乒乓球一樣在籠子裡亂撞，所以心情很糟吧。我身上穿了層層衣物，沒撞得那麼痛，但麥斯可沒有防撞保護層。噢，我差點忘啦，我

塞在襯衫後的怪獸書女士也幫了大忙，因為她幫我擋下撞擊的衝力。我相信她一定痛得字全糾結在一起了，因為我們籠子上的鎖，就是被她的書脊撞壞的。

「孩子們，你們還好嗎？梅妮薇？麥斯？」怪獸書女士驚呼。她的紙頁沙沙翻動，搔得我背好癢。「噢，拜託救我離開這裡，我不想被屎納哥吃掉，你們聽得見我說話嗎？」

我輕輕將她從襯衫下取出來，放在牢籠地面上，免得讓屎納哥瞧見。「怪獸書女士，我沒事，妳呢？」

「我死不了的，可是萬一喳瑪咕洛知道我在這裡，恐怕就活不久了。」怪獸書女士說，「你們兩個昏過去好久，屎納哥對你們又那麼壞，我嚇死了。我想逃出去搬救兵，又怕屎納哥會像對付魔石先生那樣將我吃掉。我們怎麼樣才能離開這裡？」

「梅妮薇，妳在和誰說話？」對面的爸爸問道，他正拉長脖子想看清是誰，以及我們在做什麼。「我好擔心妳啊，我親愛的寶貝女兒，萬一你們兩個有什麼萬一，我也活不下去了。爸爸想知道你們和誰在一起，好嗎，我可愛的小寶貝？」我家老爸聽起來好像是腦袋受

過很大的摧殘，講起話來根本不像他，我的意思是——他講話好怪。我很想回答，可是屎納哥也很好奇。

「我看到小弟弟、小妹妹嘴巴在動，為什麼在說話？屎納哥聽不見，如果屎納哥能聽見，就要妳安靜，這樣才不會有人聽到。小弟弟、小妹妹現在就閉嘴！」屎納哥生氣地大吼。

怪獸書女士好怕被發現，她倒抽一口冷氣就昏過去了。

「好啦！」我和麥斯低頭朝屎納哥大吼。

「我聽不見，你們在說什麼？」耳朵超背的屎納哥回吼道。

「**我們說我們會安靜！**」我和麥斯扯開嗓門大喊。

「小弟弟、小妹妹好乖。我現在就去找主人，他會賞我食物。屎納哥的肚子不喜歡山狗，屎納哥肚子痛，屎納哥不喜歡肚子痛。小弟弟、小妹妹的肉也許可以治屎納哥的肚子，屎納哥去請主人讓我吃你們。」屎納哥邊說邊晃出去。

❖ 屎納哥 ❖

這 些低智能的怪獸常鬧肚子，而且往往有口臭。他們的食物包括小鴨嘴、駝峰和人類的小孩，不過他們的最愛還是山狗肉。他們是世上最強健的怪獸之一，皮堅，不畏槍、箭、飛石與雷擊。

大部分的屎納哥都耳背且喜歡安靜。屎納哥懂的字彙非常有限，所以常藉暴力來溝通。他們很容易被激怒，常無故亂發脾氣。他們將奴性當成生活常態，對主人忠心耿耿。他們最喜歡的嗜好包括聞其他屎納哥的屁股、邊打嗝邊放屁，以及舔毛茸茸的腋窩。我們可以很容易地從他們俗艷的斑紋和星錘般的尾巴，辨識出顏色或黃或藍的屎納哥來。

他們的敵人只有陽光、自己的笨腦袋和泥蟲月餅。

泥蟲月餅

所需材料：

- ▲▲▲一只大鍋子（或大的攪拌盆）
- ▲▲▲一雙手
- ▲▲▲三杯麵粉
- ▲▲▲一杯泥土
- ▲▲▲五湯匙鹽
- ▲▲▲十一茶匙柳橙汁
- ▲▲▲一杯牛奶
- ▲▲▲一支長襪
- ▲▲▲（至少）七小時的直曬月光
- ▲▲▲一只計時器

將麵粉、泥土和鹽放入大鍋或攪拌盆裡用手拌勻，直到
融在一起。然後撐住呼吸，加入柳橙汁和牛奶（加入這
兩項材料時若忘記撐住呼吸，就得從頭來過）。再用手
把材料拌到像泥巴一樣黏在手指上。把鍋裡的材料塞入
長襪中，擠到襪底，將襪子的開口打結。接著把像蟲一
樣的填充襪放到外頭，讓月光直射至少七個小時，吸取

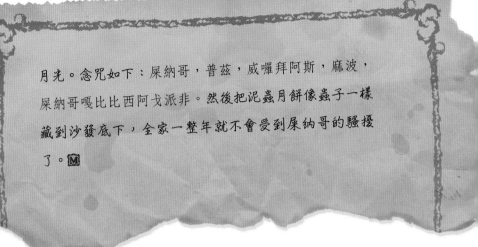

月光。念咒如下：屎納哥，普茲，威囉拜阿斯，麻波，屎納哥嘎比比西阿戈派非。然後把泥蟲月餅像蟲子一樣藏到沙發底下，全家一整年就不會受到屎納哥的騷擾了。Ｍ

屎納哥朝洞穴牆上的一個大開口走去，洞裡有一小段階梯，應該是通到鬼魂飄飄的魔堡石牆吧。屎納哥龐大的軀體，努力地爬上小小的階梯，那景象真是非常罕見。他動作蹣跚，爬樓梯時必須把腦容量小如花生的大頭貼近粗如象皮的鱗腳上。洞裡沒有別的出口，只有死路一條，我們非逃走不可，我已經想好辦法了。

「孩子們，屎納哥已經走了，別害怕。快告訴我，你們剛才在和誰說話？」老爸問。

我怕偷偷將怪獸書女士帶回這個恐怖的魔境會惹

老爸生氣，便撒了個謊，「沒人啊，爸爸，這裡只有我和麥斯而已。」希望我的話夠具說服力。接著我把怪獸書女士交給麥斯，對他使了個眼色，意思是：「你要是敢出賣我，本姑娘就宰了你。」

「可是我剛才明明聽到你們那邊還有別人，妳真的沒騙我嗎？小南瓜？」我爸說小南瓜的語氣，令我心裡發毛。

「真的啦，我沒騙你，爸爸。」我說，麥斯連嘴都沒開，「我想到逃走的辦法了，再等我們幾分鐘好嗎？」我改變話題。

「不，孩子們，乖乖待在原處！這樣太危險了。」父親命令道。

可是我已經開始動手了，我才不要在噁心的鳥籠裡多待一分鐘呢。「對不起了，老爸，可是我非試試看不可，你再撐一會兒吧！」我說。

「麥斯，梅妮薇，不可以！聽到我的話沒？不行啊！」老爸大聲命令，可是我不理他。麥斯則在天人交戰，不知該聽老爸的話，還是逃離籠子。

最後他還是選擇了逃離。

我們的籠子懸在生鏽的舊鍊子上，鍊子的一端繫著破舊的吊桿。我想那桿子是用來移動籠子的。吊桿的控制器包含幾根控制桿和一個轉輪，離我們整整五十呎遠。我打算用身上多出來的衣服（這些衣服再次證明非常好用）做條長繩子，讓麥斯從籠子裡把我垂放下去，然後我再試著安全地盪到地面上——當然繩子千萬不可斷掉，否則我就掉進火坑裡燒死了。我把計畫告訴麥斯時，他掏了顆泡泡糖給我，於是我們就動起手來。

麥斯幫我把衣服撕成長條，再一起將布條纏成長長的花繩，一端緊緊綁在籠門邊最低的鐵條上。壞掉的鎖幾乎已經鈕不住籠門了，只需用力一推，便能將門打開。麥斯卻多此一舉地用腳去踹，差點連人帶門一起跌出去（萬一真的掉出去就很不好玩了），多虧我及時抓住他的腰帶環，救他一條小命。

「謝了，梅妮薇，我差點就陣亡了。」麥斯發著抖，冷汗直流地說。

「麥斯和梅妮薇，你們兩個給我立刻停止，聽見了嗎？你們還太小，別逗英雄拿自己

的性命開玩笑，小寶貝！」爸爸大叫著，但我們仍舊我行我素。

「麥斯，快幫我。」我堅決地說，逼他回過神來。

「我來了，我已經準備好了。妳確定要這麼做嗎，梅妮薇？」麥斯問，一邊緊張地看著他差點掉下去的地方，我正打算從那邊探出籠子。

「不，我其實不想這麼做，好恐怖啊，可是我不入地獄誰入地獄？趁我還沒打退堂鼓之前，快點幫我吧。」我把繩子另一端纏在手腕上，緊緊抓住。

麥斯用雙手撿起剩下的繩子，雙腳在打開的籠門邊站穩，「別擔心，梅妮薇，我會挺住妳。」

我深吸幾口大氣，鎮定狂亂的心跳。「數到三就放，一、二、三！」然後我便一腳踏空出去了。

麥斯被我的體重帶得往前抽動了一下，他緩緩地、一吋吋地將我垂向底下的火炕。我不敢往下看，怕身體會不聽使喚。我想像自己是釣鉤上的餌，無助地鉤在釣線尾端，幫一名九歲大的釣客引誘死神的火焰燒向自己。

我必須專心想著計劃才行

啊，我得救出爸爸和弟弟，我想回家。

　　麥斯從上面對我喊：「只能垂到這裡了，梅妮薇。」我開始擺盪。繩結打得很牢實，但我的手已經感到疲累，我只有一次機會，所以非成功不可。我緊盯著堅實的地面，兩腳盪過頭頂，將身體盡量甩遠，把自己當成鐘擺來回地擺盪。我必須用離目標短少十五呎的繩子，盪過這一大段差距，所以我得飛過去才行。我等高度和速度盪到最高點、等到再也拉不住繩子時，才鬆開繩子凌空而去，邪惡的火焰在底下向我招手。

　　我落地落得並不漂亮，就算打死我，我再也不做這種事了，不過畢竟是成功啦——我沒死，也沒被烤熟。

　　「幹得好啊，梅妮薇。快把我們放下來！」看到我安全著陸，麥斯鬆口氣大喊，奇怪的是，我家老爸卻什麼都沒說。

　　「馬上來把你們放出籠子囉！」我大聲對他們喊道，一邊拍掉著陸時沾到的一身灰，至於身上的擦傷就等以後再說了。我使出全力去拉桿子、轉輪子，安然地將兩只籠子放下來。麥斯的籠子蹭到地面了，他手上抱著怪獸書女士跳下來，朝我直奔。

「太好了！妳真厲害，梅妮薇，真有妳的！」他一把將我抱住，把我緊緊攬住，只有弟弟會這樣抱姊姊。

「咱們是怎麼下來的啊？」怪獸書女士終於昏沉沉地醒來了。

「妳竟然現在才醒過來，都沒看見我的驚險遭遇。我得先把爸爸救下來，待會兒再跟妳說。」我推著桿子，爸爸的籠子一定沒上鎖，因為籠子一碰到地面，他便打開籠門，朝我直直走過來了。

「爸爸，你別生氣，怪獸書女士也和我們在一起。我知道你說過，萬一她又落回壞人手裡，誰也料不準怪獸會對她做什麼。所以我們得趁屎納哥回來之前，儘快離開這裡。爸爸，你別生氣好嗎？」

「梅妮薇、麥斯，怪獸書女士在這裡我怎麼會生氣。其實正好相反，我好高興你們兩個都沒事。萬一你們掉進那可怕的洞裡，我一定難過死了，我親愛的小寶貝。」爸爸說著雙手環住我和麥斯，緊緊擁著。我們閉上眼，也抱著爸爸。他的手臂越攬越緊，將我們擁向他。「我的眼睛一定

會哭到掉出來，如果我失去嘶——吸你們——嘶嘶——
腦汁——嘶——的機會，嘶——還有——嘶嘶——我主
人——嘶嘶——也會很高——嘶——興——拿回怪獸—
—嘶嘶——書。」

　　轉瞬間，爸爸仰起頭，露出醜陋的真面目——真的
是有夠醜。我們以為是老爸的傢伙現出原形了，原來他
是吸瓦戈——就是把我爸爸折騰到差點沒命的怪獸。

我們被吸瓦戈騙了。

環住我們的手臂現在變成長滿刺針的黏滑觸手，父親原本擔憂的面容化成一個大吸嘴，裡頭長滿鋸齒狀、泛著潤滑黏液的針齒，凹凸不平的唇上則橫著刀齒。

我和麥斯又踢又叫，使得吸瓦戈更加地得意。怪獸書女士再度及時昏了過去，吸瓦戈用空出來的觸腳將她抓住。

我忍不住想，經過那麼辛苦的跋涉和冒險後，如今竟然要命喪黃泉──被一隻吸瓦戈慢慢吃掉了。

魔王

　　「我說過不准吃他們，笨蛋！先等我盤問過再說。立刻移開你的臭嘴，放他們下來。」一隻龐然巨獸打斷了吸瓦戈的美夢，「還有，把那個叛徒交給我！」吸瓦戈嚇得將我們放到地上，乖乖將怪獸書女士呈給他的主人。

　　「嘶──尊命，嘶──主人！對不──嘶嘶──起，主人！嘶──請──嘶──原諒我，嘶──主人。」吸瓦戈必恭必敬地說。

　　我們暫時躲過被吃掉的厄運，卻得面對另一頭更可怕的怪獸，而且下場說不定更悽慘。屎納哥回來時，帶著我在幻夢中見到的恐怖怪獸──夢魘般的鯊眼怪物。

　　「給我醒來，叛徒，妳的老主人命令妳醒過來！」

那怪獸的聲音像熱油一樣滴在我們耳膜上。他眼中射出犀利而不祥的光芒，一股深深的恨意射在怪獸書女士身上。

「我快燒起來了，我快燒起來了！」奮力掙扎的怪獸書難過地大叫，「噢，不要啊！怎麼會是你，怎麼可以是你！你太殘酷了，我的噩夢又變成實境了。逃啊，孩子們，快逃啊！」可是我們無處可逃，三隻巨大的怪獸將我們團團圍住，他們絕不會讓我們逃掉的。

「不許你再傷害她，你這個怪物！」我大叫。

「好感動喲，小女孩好像很關心妳耶，叛徒。」怪獸說。

「求求你放他們走，」怪獸書女士哀求說，「我會永遠待在你身邊，把我知道的祕密全告訴你，可是求你放他們一逃生路，他們只是小孩子呀。」

「閉嘴，臭書！妳有什麼資格要求魔王！」那惡毒的怪獸邊吼邊將怪獸書裡的紙頁撕掉一半，把她往地上一扔。怪獸書女士動也不動，默默淌著墨汁癱倒在地。

「不！」我哭道。我和麥斯張嘴站著，眼睜睜看著我們的朋友身受重傷，不知是死是活。

　　「真不好意思，讓你們兩位淘氣的麥無畏久等了，現在我已經跟老友熱絡過了，可以全心全意招待二位了。」那野獸說，「請容我正式自我介紹。在下是魔王喳瑪咕洛，我必須承認，終於見到二位，實在令我開心。」

　　「你站到太陽下去死吧！」我大吼。

　　「妳真好玩，麥無畏。幾乎跟我折磨令尊，將他擊昏一樣有意思。妳身上有我很想要的東西，咱們何不直接先辦正事？」

　　「屎納哥不希望山狗肉弄痛我的肚肚，」屎納哥呻吟說，「屎納哥要小弟弟、小妹妹的肉，屎納哥覺得吃了肚子應該就不痛了。拜託，主人，讓屎納哥吃好不好！」

　　「嘶──是啊，嘶──主人，讓我──嘶──吃點他們美味的腦──嘶──汁，讓我──嘶──吸出他們的──嘶──能量，主人。」吸瓦戈飢腸轆轆地說。

　　「看起來我的屎納哥和吸瓦戈都很想吃掉你們兩個，這讓我很為難，因為我也需要你們回答一些問題，我到底該怎麼辦呢？我想當個好國王，不讓

僕人挨餓難過，可是又想當你們的朋友，給你們機會，不受屎納哥和吸瓦戈的荼毒。你們想不受苦嗎？只要告訴我伊能活鑽在哪兒，我就放你們走。」喳瑪咕洛跟我們討價還價。

「是啊，那就太好了，我很想活命哩！」麥斯邊說邊在嘴裡塞兩顆泡泡糖。

「你這決定很明智，小麥斯威爾，你叫麥斯威爾，對吧？」喳瑪咕洛問。

「是的，就是我，魔王先生，喳瑪咕洛大人。可是我不知道鑽石在哪裡。」麥斯用手捂住耳朵答道，不想聽到魔王的聲音。

「你真以我會相信，我頭號死敵的曾曾曾孫子，會不知道魔王我在說什麼嗎？梅妮薇，妳呢，妳知道嗎？能不能告訴我鑽石在哪？妳若告訴我，也許我就不會把妳老弟的脖子扭斷了。」喳瑪咕洛粗聲說，一條叉舌在嘴中縮進伸出。接著他一把掐住麥斯的喉嚨，黑色的指甲陷進他脖子裡，麥斯沒辦法呼吸，整張臉漸漸轉藍。

「住手！求求你，快住手。你想知道什麼我都

說，求求你放了他！」我哭喊道。

「我要先前放在難解盒裡的東西，現在就要！告訴我東西在哪兒，否則妳老弟就別想活命！」喳瑪咕洛將麥斯掐得更緊。

「我沒有你要的東西，可是我想我知道東西在哪兒。」我說。

「妳『想』妳知道在哪兒？那就再用點力想，我可不是在跟妳鬧著玩，梅妮薇！」魔王大吼。

「好啦，好啦，我告訴你就是了，不過你得先放掉他。」

「好，就給妳最後一次機會，孩子。」喳瑪咕洛鬆開手，麥斯喘著氣，拚命狂亂地咳著將空氣吸回肺裡。

「我想，你要的東西就掛在我們朋友，魔石先生的脖子上，可是他被屎納哥吃掉了。」我告訴那妖物。

「妳以為我會相信嗎？孩子，妳接二連三地說謊，看來我沒別的選擇了，只好把妳宰掉……」

「不！」我在他扭斷麥斯的頭之前打斷他，「聽我說！我發誓，我沒騙你，你那隻笨奴隸屎納哥把他吃掉了。」

「小妹妹說的是實話，主人。屎納哥用山狗餵肚肚，肚子痛。」屎納哥捧著腫大發疼的肚子對主人呻吟說。「屎納哥需要小妹妹、小弟弟的肉，把屎納哥肚子治好。主人，請幫幫忙，別再讓屎納哥肚子痛。」

「屎納哥，親愛的好屎納哥，你的肚子真的很痛呵。」喳瑪咕洛柔聲安慰他，「我一直不是個好國王，讓我幫你忙吧，屎納哥。」

「謝謝你，主人，謝謝你。」屎納哥開心地鬆了口氣，臉上露出愉快的笑容。喳瑪咕洛黑色的眼睛邪光閃動，朝著奴僕伸出一根魔爪，射出烈焰，屎納哥頓時爆

成千萬片血漼的肉塊。我們從頭到腳全被屎納哥的血塊濺漼了。這對吸瓦戈來說簡直是一頓吃到飽的屎納哥大餐，他覺得新鮮的屎納哥肉可口極了。喳瑪咕洛一陣狂笑，笑到頭上的角都快掉了。看到這種情形，我再也憋不住，哇地一聲便吐了，吸瓦戈也一併將我的穢物全吃了。

邪惡的魔王連彎身都省了，他用尖長的腳趾推開鮮騰騰的大肉塊，尋找屎納哥胃裡還留有什麼。他踢開一塊塊的骨頭和內臟，踏在腦和心臟的殘塊上，血肉在他腳趾間喀喀作響。最後，他終於在屎納哥的肝藏或未消化掉的魔石先生肉塊下，看到藏在濃厚新鮮屍液下的微弱紅光。魔王一看到紅光，便嘶聲歡叫。

「既然找回我的魔石，就不需要讓你們兩個活命啦！」喳瑪咕洛眼露凶光咯咯笑說。

奇蹟

　　完了，麥斯和我真的玩完了，可是我不想死啊！於是我使出在哨尖鎮學來的把戲——任何聰明的女麥無畏在這種狀況下都會使出的詭計——拍喳瑪咕洛的馬屁。

　　「求求你，噢，偉大而無所不能的魔王，令世人聞風喪膽的魔王啊，在你吃掉我們之前，我有一個最後的請求。」

　　喳瑪咕洛眼中的凶光斂住了，他深感興趣地微側著頭，聽本姑娘求饒。我希望能拖延時間，看會不會有奇蹟發生，也許我和麥斯可以趁這當兒想出脫身的辦法。

　　「好吧，麥無畏，快說出妳最後的請求吧！」喳瑪咕洛傲慢地張耳聆聽。

　　「謝謝您，噢，主宰我生死的大王，最偉大的怪獸

之王啊，我且提出我最卑微的人類請求。」我繼續說，
「是這樣的，我一直不明白，為什麼最厲害的魔王會為
了一小顆鑽石，而炸掉他最忠實的奴僕。您已經如此所
向無敵了，還需要這顆鑽石做什麼？」

「妳對我的描述都是真的，很高興妳沒瞎了眼，還
曉得本魔王的厲害。不過我確實需要這顆鑽石，我不希
望你們兩個低估我，因為畢竟只有我這麼聰明的怪獸，
才能完全了解伊能活鑽真正的力量。現在我既然奪回它
了，人類所有的小孩都會被吃掉，就從你們兩個開始
吧。沒有人可以倖免，地球上所有的生
物都得屈服在本大王的魔威之下。」喳瑪咕洛
興奮而激昂地說。

「是啊，大王所言極是，我們一點機會都沒
有。在魔王面前，還有誰敢造次。」我拚命灌他迷
湯。

「聽妳這麼說，我真是太高興了，也許吃了妳之
後，我還會想念妳哩，梅妮薇。我想我應該會的，不過
我等不及想釋出伊能活鑽的魔力了——都是你們的曾曾
曾祖父——麥可米勒·麥無畏害的，我從來沒機會在世

間發揮鑽石所有的威力。」

　　也許是我在幻想吧，可是我發誓，喳瑪咕洛朗聲提到我家曾曾曾祖父的名字時，他手上的紅鑽竟然輕輕跳了一下，這件事好像只有我注意到而已。

　　「麥可米勒只是運氣好罷了，因為沒有人能抵抗本大王的魔力。不過你們的老祖先卻在本大王宰制整個世界之前，把這顆破壞之石跟那本叛徒書偷走了。不過現在鑽石又回到我手上，我就再也不擔心了。不久之後，麥無畏家就再也不會有活口會來阻止我了，真希望你們能待下來，看本大王用鑽石開啟人間與魔界的大門。

　　「是這樣的，幾千年前，我還不懂使用活鑽力量，或甚至了解它的能量之前，便偶然地被活鑽帶到這兒。活鑽將我隔空運到此處，我很驚喜地發現人肉非常美味。我越來越厭煩得一個個將部屬帶到此處，曾想過在人魔兩界之間創造一扇永久的門，卻未能成功。

　　「不過在經過無數年的試驗，

測試過伊能活鑽的各種力量後，終於找到辦法，可惜你們麥家毀了一切。不過今晚誰都無法阻止我，我的計劃終於要實現了。我要從魔界帶領一批不死的的妖獸，用邪惡的鐵爪統御世人。全體人類將成為我的奴隸，成為我和我部下的餐肉。而且我將逼迫像你這樣的小孩親眼看我殺害無助的小狗，讓我用人骨做成的美麗酒杯，蒐集孩子眼中掉出來的悲淚。我會把那鹹鹹的苦淚當成美酒享用，為他們所受的折磨而竊喜不已。這簡直太妙了！可惜只怕妳等不到那時候了，梅妮薇，和妳聊天挺有趣的，可是現在我得把妳和妳弟弟吃掉了。」魔王眼冒凶光，眉飛色舞地說。

不能再拖了，**真的**大勢已去了。我們努力後退，避開吸瓦哥和喳瑪咕洛逼來的步子，最後撞到爬都爬不上去的穴壁，再也無路可退。

「麥斯，希望你知道我愛你，你是個好弟弟，是最好最好的弟弟。」我紅著眼眶緊握著他的手。

「妳也是，梅妮薇。」麥斯害怕地發抖。我

們想不出脫身的辦法了，只好認命地
閉上眼睛。

可是奇蹟發生了，握在喳瑪咕洛手
中的伊能活鑽突然發出強烈的紅光，我們
連闔上雙眼都還能看得見。喳瑪咕洛
痛得大叫，那嚎聲如此淒厲，令我們
忍不住摀住耳朵，張開眼睛。

痛得哇哇叫的魔王想把鑽石從
爪掌裡甩開，免得被弄得更痛，卻
怎麼也甩不掉。鑽石在他掌心燙出一
個圓洞，燒穿肌骨，烙燒他的血肉。

上面的怪獸們聽到主子痛得大
叫，紛紛從石階上奔下來護主。幾
十隻狂怒、嘶吼不已的怪獸擠在洞穴
中，目睹了一場難以置信的現象：

伊能活鑽神奇地飄在半空中，像顆
核桃大的星子般閃閃發光。寶紅色的
紅光籠住了我們，那光芒像一股奇
異的吸風，穿透並拉扯著我們的

身體。那些黏在我們身上的屎納哥殘屍，以及屎納哥沒消化完的肉塊，都神奇地被吸進明滅不已的深紅色寶石中，寶石的光華也因此更加耀眼，照得整座魔堡通明如白晝。

　　寶石的光芒影響了所有被照射的東西，燒死的蝙蝠又開始飛舞，興奮地吱吱亂叫。無底的深坑轟轟作響，憤怒地搖晃著，要活鑽別再發光了，洞穴的牆晃得好厲害，我們不得不全趴跪在地上。

　　老鼠、蟲子和蟑螂一隻隻從地底鑽出來，被紅光刺激得滿地興奮亂轉。怪獸書女士也漸漸康復，墨汁流回她體內，精裝封面的鑲邊也重新長好，是新亮的羊皮紙耶。她殘破發皺的書脊也逐漸平整，最後光亮得像初版的新書。

　　麥斯和我在紅光照耀下也有了起色，我們的傷口好了。沐浴在紅光中，心頭的恐懼和絕望一掃而空，取而代之的是麥無畏家族打擊怪獸的決心。

　　然而環聚在我們身邊的妖物則飽受折

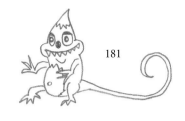
磨，好像面對升起的太陽一樣。爪蝦獸在他們龍蝦般的硬殼裡蒸騰，數百隻小小的變身怪痛得吱吱慘叫，像爆米花一樣地四處翻跳。獨角的普汪皮獸開始失控地左搖右擺，吐出一口口的黃綠色煙氣。好像所有的怪獸，都因為畢生的做惡多端而受到懲罰一樣，場面真是壯觀極了！

✦ 爪蝦獸 ✦

這些六足的巨眼肉食甲殼類怪獸非常強壯，他們的鉗子能夠夾碎骨頭，身上的硬殼幾乎刀槍不入，這對他們十分有利，因為爪蝦獸是怪獸界裡最容易出狀況的一種。爪蝦獸很自我、頑固且饒舌，他們喜歡不斷提醒其他怪獸自己有多麼完美，好得應該人見人愛，因此他們也成了最不受歡迎的一種怪獸。

爪蝦獸在旱陸和水裡都十分悠遊自得，他們本領超強，能用珊瑚、砂子和貝殼為自己建造精緻的華廈。他們喜歡趁退潮時，在沒有人煙的沙灘上築屋。爪蝦獸花費時間蓋好的家，卻在漲潮時被洶湧的浪潮催毀了，因此他們只能忿忿不平地重新來過。爪蝦獸的嗜好是捕捉坐滿人的船隻、破壞燈塔和訓練魚兒跳舞。

用大量鹽巴醃漬，以海帶包起來的小孩（最好是沒煮過的），是爪蝦獸最愛吃的菜。

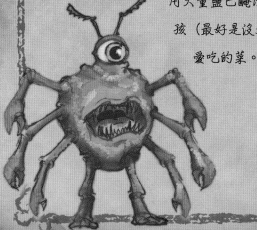

驅怪偏方

神奇的奶油魔咒

•─•─•─•─•─•─•─•─•─•─•─•─•─•─•─•─•─•─•─•

所需材料：

△♥△ 一只大鍋子（或一個大攪拌盆）

△♥△ 一雙手

△♥△ 一條奶油

△♥△ 一顆檸檬

△♥△ 二十吋長的紅繩子

將奶油放到鍋子或攪拌盆內，用手揉成球狀，擠入檸檬汁，讓整顆奶油球沾上檸檬汁。把紅繩拉成直線放在平整的長桌面上，將奶油球從鍋子裡拿出來放在繩中央。接著用繩子將奶油球依不同方向纏繞三次。

念咒如下：沸騰熱烤亂搞爪蝦獸，神奇奶油讓你死。立刻將紅繩兩端綁到你的脖子上，戴到融化為止，可保一年不受爪蝦獸侵擾。

⇿變身怪⇿

這些微小而超極邪惡的東西，是地球上為數最多的
怪獸。他們能神不知鬼不覺地滲透人類的住宅，
因為這些蟑螂大小的怪物具有特殊的偽裝能力。變身怪
可以擺弄環在他們無毛而迷你身軀上的光影，創造幾乎
能騙過所有人類的幻象。他們常巧妙地將自己變成人們
不會留意的小東西，如碎屑、鵝卵石或小團的絨毛等。
很偶爾的情況下，他們也會變成螞蟻、小蟲子或銀魚之
類的東西。

由於人們通常不覺得這些小東西有什麼威脅性，變身怪
才能大大方方地四處游走。他們成群結隊，迅速在屋內
大批滋生，在家具裡、牆壁或天花板的隙縫，以及任何
人類無法清理到的地方築巢。一旦他們佔據一間房子，
就開始趁無助的屋主睡覺時大吸特吸他們的血。變身怪
群體合作，一湧而上地攻擊睡夢中的受害者，像一張死
亡毛毯一樣，將受害者從頭包覆至腳。一大群變身怪也
許得耗上幾個月才能將一個人的血吸乾、殺死，並在移
往下一間屋子之前盡力繁殖滋生。

他們成群結隊時真的很難對付，但個別獨立時，卻是最
容易防範和殺死的怪獸。你只需要輕輕一碰，就可以把
他們小小的骨架子壓碎，終結他們可怕的吸血生涯。假
如人類懂得使用最簡易的預防方法，就完全不會受災。
人類絕對可以覺察到這些小怪獸的存在。

驅怪偏方
黃瓜奶

所需材料：

▲▲— 一雙手

▲▲— 一隻腳，用來踩踏

▲▲— 一張嘴，可以吸吐噴液

▲▲— 一大罐醃黃瓜

▲▲— 一瓶牛奶

打開醃黃瓜罐，將一條醃黃瓜放到家中每扇通往戶外的
門前（門一定要關起來唷）。光著腳丫在每根醃黃瓜上

踩十三次，把瓜踩爛。每扇門都依樣照辦。接著吸一口牛奶，均勻地噴到家中所有窗戶上，將窗戶噴溼（噴之前先確認窗戶都關妥了）。

等所有變身怪可能入侵你家的入口全都噴上牛奶後，念以下咒語：討厭討厭討厭討厭鬼，硬硬的牛奶變壞又變黏。醃黃瓜發威，誰也擋不了，變成士兵打得你落花又流水。這副偏方跟其他藥帖不同，只要使用正確，效力能永久持續，家裡再也不會受到變身怪的侵襲了。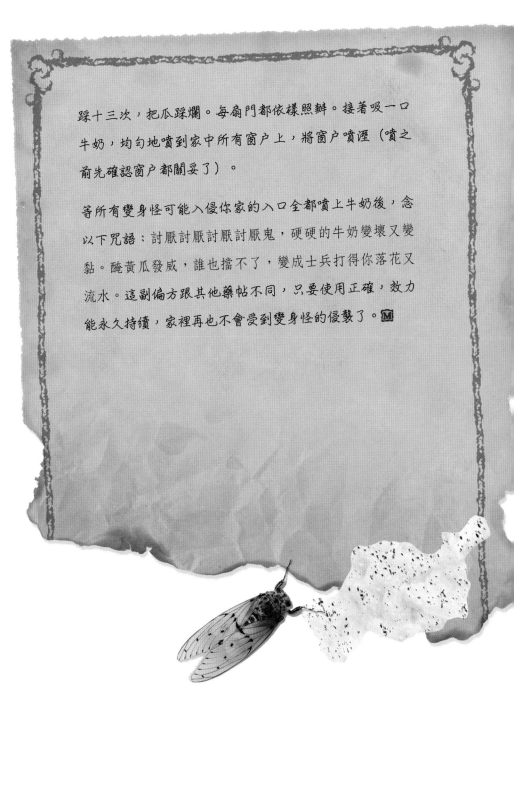

✦普汪皮獸✦

這 些長了蹄子的凶惡騙子非常卑鄙狡猾，他們頭頂有根突起的魔角。普汪皮獸隨著年齡增長，角會變長，魔力亦會增強。普汪皮獸的角賜給他們用念力移動物體的能力，並能隨心所欲地隱形，還可以賜給受害者三個願望（接受普汪皮獸的三個願望，絕對是下下策，因為願望成真後通常得付出慘痛的代價）。

他們很愛利用自己的本事去折磨人，對於惡搞樂此不疲。如果有人無緣無故跌個狗吃屎，很可能就是隱形的普汪皮獸搞的鬼。他們酷愛惡作劇，在吃掉受害者之前，喜歡先讓他們受傷。你很難鬥得過普汪皮獸，最好儘可能避開這種怪獸和其惡作劇。普汪皮獸最喜歡的食物是香草冰淇淋和企鵝餛飩。他們討厭各種水果，最怕和別人比賽咒語。

睡衣麵包望遠鏡

•─•••─•••─•••─•••─•••─•••─•••─•••─•

所需材料：

- ♠♠一只大鍋子（或大攪拌盆）
- ♠♠一根木湯匙
- ♠♠一雙手
- ♠♠四十九根草
- ♠♠一杯蔓越莓汁
- ♠♠一杯乳脂
- ♠♠一杯果醬
- ♠♠一顆奇異果
- ♠♠睡衣一件
- ♠♠一大條未切片的麵包
- ♠♠三條十八吋長的綠毛線
- ♠♠一隻蝸牛
- ♠♠一只計時器

將草、蔓越莓汁、乳脂和果醬放到大鍋子或攪拌盆裡。用木湯匙將所有材料攪拌至整個草浸溼沾勻。用最大聲量念以下咒語：獨角獸，南瓜燒，黃色瓜，芒果。紅果子，負鼠湯，獨角獸，不再有。然後用手將奇異果壓碎，放入黏糊中用木湯匙攪拌一分鐘。用最低聲量念

咒：普汪皮獸，邦沙瑪皮，蕃茄指甲，皮桑果拉馬。接著把睡衣放入大鍋中攪拌，讓睡衣吸收裡頭的材料。把鍋子放置一旁，讓睡衣充分吸收九分鐘。接著拿出未切片的麵包條，用手小心地在麵包中央挖一條長洞當鏡筒。

將浸溼的睡衣從鍋中拿出來，仔細包在麵包上，但別遮住鏡筒。用綠毛線將睡衣綁穩在麵包上，最後把蝸牛放到你的頭頂，念咒：普汪皮獸，邦沙瑪皮，蕃茄指甲，皮桑果。獨角獸，南瓜燒，黃色瓜，獨角獸，不再有，拉馬。睡衣麵包望遠鏡不但能讓全家整年免受普汪皮獸的侵害，而且使用者還能看到隱形後的普汪皮獸。Ⓜ

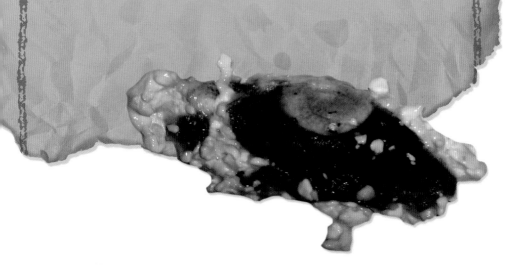

　　可是那還不是迄今為止最神奇的事，伊能活鑽裡似乎有個東西蠢蠢欲動——某個喳瑪咕洛一點都不喜歡的東西。鑽石開始吼叫蛻變，幻化成其他熟悉卻又不太一樣的東西。那流動的形狀固定了下來，狀似嬰兒，接著又變成幼小的山狗。爪子變成了男孩子的手，無毛的腳又長出絨毛來。那東西似乎猶豫不定，不確定自己想變成什麼。獨眼的動物嘴臉扭曲成獨眼的人面。那團渾沌未明的發光體便如此地掙扎變動——它得決定要變成人還是動物。

　　最後，那東西終於下了決心，核心中突然蹦出一道強光，那光芒比先前所見都亮，所有人和怪獸的眼睛都快給刺瞎了。接著彈指間，一切又恢復黑暗。

麥無畏

「哈囉，梅妮薇！哈囉，麥斯！你們應該好多了吧，對不起啊，我這麼久才到。」黑暗中一個身影說。

「呃，你是誰？」我問。

「梅妮薇，妳認不出我的聲音啦？是我啊，魔石先生！」那身影有點不悅地說。

眼睛剛被強光閃過，我得花點時間才能適應深淵底下的微弱火光。我等眼睛適應後，便認出說話的是誰了，但他並不是他所說的魔石先生。

站在一群憤怒受傷，被寶石的強光射得暈頭轉向怪獸群中央的，不是別人，正是喳瑪咕洛的頭號死敵，我們的曾曾曾祖父麥可米勒・麥無畏，他又活了過來！

麥可米勒一派莊嚴地站在那兒，右眼覆著眼罩，就像我家壁爐上掛的那幅畫一樣，而伊能活鑽就躺在他的

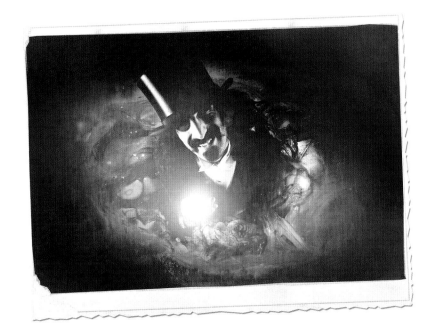

手掌上。

「你剛剛不是說你是魔石先生嗎？」麥斯不解地問。

「魔石先生和我是一體的，麥斯。我還以為你們之間已經有人想到了。你們得把前後關係串起來，才能發現我的小祕密。其實沒那麼難啦，依能活鑽（Enotslived）倒過來念就是魔石先生（Devilstone），而

且我和魔石都是獨眼龍。」

「可是你是怎麼辦到的？你怎麼還活著？」我問。

「是啊，你是怎麼活下來的，麥無畏？」喳瑪咕洛殺氣騰騰的眼神透過他受傷的那隻手洞，盯著麥可米勒問。

「不好意思，害你的手受傷啦，老兄。我本來想把你整隻手卸掉的，不過我有點別的事要辦。我跟你保證，下次一定不會那麼簡單放過你。」麥可米勒諷刺地回答說。

「我終於明白梅妮薇的幽默感是從哪兒來的了，我不覺得有什麼好笑。告訴我這些年你是怎麼活下來的，人類通常不會活那麼久，不過話又說回來，你已經不再是人類了，對吧，麥可米勒？」喳瑪咕洛臉上露出得意的邪笑。「噢，真諷刺啊，那寶石把你變成我們的一員啦！」

「錯了，妖怪，我跟你不同！」麥可米勒罵道，「我也許不再是人類，也許比人類多了些怪物的成分，可是我絕非人類的敵人。我不會像你們一樣欺善怕惡地吞噬無助的兒童和人，我變成一種你應該非常害怕的東

西。是這樣的，我若想活下去，就得吃怪獸的肉，我很喜歡你的味道啊，老喳。

「多年前，我到此處尋找辦法，想毀滅屠害我族人及人類的怪獸。我聽說魔王手中有本古書，藏在某個魔堡裡。書上載有所有怪獸的祕密和弱點，我希望能藉此維護世界的安全。大家都跟我說，潛入魔王的巢穴無異是在尋死，可是我非冒險一試不可，因此我成了史上第一個被書咬傷中毒的人。

「當我躺在那邊等死時，我聽見怪獸書的聲音，她求我助她逃走，擺脫你殘酷的統治。她把你的底細都告訴我，也提到世界的岌岌可危。她說她知道一些沒寫在她書裡的事，一些她藏著不讓你知道的事，她給我一個選擇。我若答應帶她離開這個可怕的地方，永遠保護她的安全，她就救我一命，將我變成別的東西，否則我就只能死在魔堡裡了。

「於是我們達成協議，她指點我拿走你的寶貝鑽石，用她知道的神祕咒語，將封藏在鑽石裡的能量注入我的魂魄中，使鑽石與我永遠融為一體，成為人魔兩界前所未見的東西。你看到我躺在地上，以為我已經沒救了，殊不知我當時正處於蛻變初期，就像結了繭一樣，渾然不覺你的威脅。當你動手殺我的那一刻，鑽石釋出強大的保護能量，擊在你身上。

「我想你應該還記得接下來發生的事吧，妖孽。你一定花了很多年的時間，才離開封住你的火獄。」麥可米勒指著火坑說。

「沒錯，的確是那樣，姓麥的，你害我受的苦，我永生難忘。我頭角朝下地跌入熊熊的火焰中，烈火舔在我身上，燒得我像串烤肉。我狂亂地游過火坑的烈焰，支撐我的，是對你的恨哪，麥無畏。最後我終於抵達坑底火燙的石堆，一吋一吋地忍痛爬出那個煉獄。我傷得極重，花了二十年才痊癒，我每分每秒都在恨你。為了報仇，為了報復所有你所愛的人，我痛苦地撐到現在。

「我發誓，等身體復元，就親手誅滅你們麥氏九族。我要奪回我的活鑽，開啟人魔兩界的大門。我不會再失敗了，姓麥的。我會奪回伊能活鑽的力量，如果得把你抓來當奴隸也無妨。」魔王大吼一聲，指示眾怪獸們跟著他一起攻擊麥可米勒。

「接好了，孩子們！」麥可米勒在怪獸的狂吼聲中喝令一聲，火速將怪獸書女士交給我，衝向群起而攻的敵人。他們一起湧向麥可米勒，喳瑪咕洛首先發難，魔王連連對我們曾曾曾祖父發出重擊，力道大得整個魔堡都跟著搖晃。

麥可米勒試著躲開群獸凶猛的圍擊，他們朝他撲來，露出獠牙和尖利的爪子。麥可米勒被他們的軀體壓得都快窒息了。麥斯和我躲在洞穴後邊一堆突起的石筍後。

從我們的藏身處看去，麥可米勒根本不可能從這場可怕的戰役中全身而退，聽起來甚至他好像被撲擊的怪獸五馬分屍了，可是奇怪的是，他竟然沒事。

麥可米勒以千夫之力，從喳瑪咕洛的怪獸群中突圍而出，神勇無比地拳打腳踢。怪獸們被他擊得頭破血

流，一隻隻敗倒下來。那些怒吼和自信的高呼聲，很快
地被痛苦的哀號取代了。可是他們還是前撲後繼地攻上
去，麥可米勒指尖射出一波波電光，痛擊前推後湧而來
的怪獸。電光旋繞不止，彷如憤怒的蜂群，將一部分怪
獸化為飛灰，還有一些被電得在洞穴裡四處亂跳。

「你沒辦法一直發出電光的，麥無畏。」喳瑪咕洛
高叫著派出更多怪獸。「我們數量太多了，最後你一定
會筋疲力盡，敗在我的手底下！」

「你儘管做你的春秋大夢吧，山羊頭！」麥可米
勒駁道，一邊連連對著喳瑪咕洛頭部發出紅色電
光，打下他一隻角來，因此惹得魔王更加暴跳
如雷。

然而魔王說得沒錯，因為麥可米勒每打下
三隻怪獸，便有一隻趁隙擊中我家曾曾曾祖
父，讓他越來越虛弱。不過麥可米勒
依然挺立，奮戰不歇，掃除萬惡的怪
獸，直到最後只剩下被成堆敗將環繞的獨
角喳瑪咕洛。

「咱們該做最後決戰了。」兵疲

馬慵的麥可米勒說。

「放馬過來吧！」魔王同意道，充滿恨意的雙眼再次閃著邪光。接著喳瑪咕洛雙手朝空中放出卷鬚狀的魔力，將魔力罩向麥可米勒，就像一群禿鷹撲向剛死的動物一樣。麥可米勒根本來不及設下防護，便已被黑暗的力量團團圍住了，麥可米勒遭受到無情的痛擊。接著便是一場意志與古老魔力的爭戰了，麥可米勒的紅光大鬥喳瑪咕洛劈啪作響的魔光。他們的魔力在空中交纏互擊，彷彿一起舞向死神的魅惑。

兩道電光像眼鏡蛇般糾纏不清，不斷擦撞出如雨而下的白熱火星。麥可米勒在喳瑪咕洛的猛攻下漸漸不支，最後終於跪了下來。

「世界將歸我所有，麥無畏！你輸了，你和可悲的麥氏餘孽都去死吧！」喳瑪咕洛發出勝利的吼聲。麥可米勒已燈枯油盡了，他沒有呼吸，甚至動也不動。魔王為了確認自己的勝利，又發出一道雷光，重重擊在他的頭號死敵身上。惡鬥結束了，一切都完了，我們的心情盪到了谷底。喳瑪咕洛走向麥可米勒癱軟的屍體旁，打算取回他思思念念的寶物——伊能活鑽。

　　沒想到還有意外等著他。

　　麥可米勒竟然悠悠慢慢，神蹟般地朝他的敵人站起來，身上的青筋因站立而暴起。「我還沒死呢，你這個長翅膀的醜八怪——會死的人是你！」他重重喘著氣說。

　　接著，麥可米勒匯集所剩的力氣，榨盡體內最後一絲魔力，對準喳瑪咕洛冷黑的心臟，以迅雷不及掩耳之速射出一道霹雷。魔王萬萬沒料到會有這招，他的驚呼

聲被硬生生截斷，因為麥可米勒已轟穿他的胸口，將他砍成兩半了。斷成兩截的喳瑪咕洛在地上翻騰掙扎，拚命想用魔法將身體接回來，卻未能如願。

「怎麼會這樣，我是魔王啊，妖魔是不會死的！」喳瑪咕洛結結巴巴地說，喉裡不斷冒出腥臭的血塊，傷口也汩汩地淌著腥血，平時銳利的黑眼，隨著生命的流逝而逐漸轉白，最後終於死亡。

麥可米勒癱倒在地上，鬥盡了最後一絲力氣。

吸腦

　　當麥斯、怪獸書女士和我從藏身處走向麥可米勒時，洞穴裡只剩下蝙蝠吱吱吱的叫聲了。

　　我們圍著麥可米勒，我一手捏著鼻子，另一手抱著哀聲哭泣的怪獸書女士，站在麥可米勒和喳瑪咕洛的殘骸之間。我彎身查看喳瑪咕洛是否真的死了，可是我還沒碰到魔王，麥可米勒便伸出手抓住我的腳踝，把我們嚇得魂飛魄散。

　　「離他遠點，魔王殘餘的黑色魔法還是可以殺死妳。總之，千萬別碰他的身體。」麥可米勒氣若游絲地說。

　　「呃，遵命。」我離開邪魔的屍體說。

　　「我就知道你沒死。」麥斯表示。

　　「是啊，可是我跟死也沒兩樣了。聽我說，孩子

們。我臨死前，得先跟你們道歉。」麥可米勒斷斷續續地說。

　　「我希望你們能成為偉大的怪獸終結者，你們兩個都已經很有樣子了。不過我在旅程開始時，並沒有把自己真正的意圖告訴你們。我為了神不知鬼不覺地混入魔堡，而利用了你們兩個。多年來，我一直在暗中操盤，幾年前偷偷將怪獸書女士放到咱們家門階上的人就是我，我希望她能安全地得到麥家世代的保護。當我獲悉喳瑪咕洛還活著時，我知道自己需要援助，便用魔力化身成紅蛾，帶引麥斯找到麥無畏家的怪獸研究密室。我安排你們和怪獸書女士相會，以便趁早學習麥氏家族的本領，因為我知道你們的爸爸短期內並不打算傳授你們。最後，也是我把自己放到難解盒裡，請米樂古把我送到家門口的，因為我知道你們一定會找到我。

　　「喳瑪咕洛的邪惡力量又開始壯大了，我除了怪獸書女士之外，已經很久沒接觸到其他怪獸，所以我的力量已削弱了許多。可惜我的力量太弱，在怪獸襲擊的那晚無力保護你們父親。一直等麥斯的血滴在我

身上，我才有辦法將自己凝具成肉身。嚐到麥氏家族的血，讓我體內屬於人的部分煥然萌發，也才能打造出能實際應戰的肉身。我選擇山狗的形貌，是因為知道攻擊我們的屎納哥一逮到機會就會想吃我。等機會一來，順勢讓你們兩個被抓，等我進入屎納哥的肚子後，就會變得更強壯了。之後，待在屎納哥的身體裡，吸取他的能量，並在無人知曉的狀態下混進了魔堡。只要喳瑪咕洛認定活鑽在你們身上，我就能找到機會一舉將他殲滅。我沒料到你們兩個竟如此令我驕傲。很抱歉，我故意置你們於險境，希望你們能原諒我，並及時找到你們的父親。」

「我簡直無法相信，你竟然利用我們，把我和麥斯當呆子耍。」我生氣地說，「你根本不是人，是怪獸嘛！」

「是的，如果妳恨我，我能了解，可是當務之急是得趁魔堡垮掉之前趕緊離開。順著樓梯跑，找到你們父親，然後逃離這塊魔地，拜託快去啊！」看來我們的曾曾曾祖父還有點人性。

「等一下，我們得帶你一起走，咱們可以一塊走，我幫你。」麥斯說。

「不，別管我。快走吧……」麥可米勒虛弱地吐出最後幾個字。

「不要啊！求求你別死，你答應過要保護我的！不！」怪獸書女士難過地哭著。

「沒關係，現在換我和麥斯來保護妳了。」我試著安慰她。可是老實講，我擔心少了魔石先生的協助——我是指麥可米勒啦，咱們不知如何逃離此地。

我們三個低頭望著麥可米勒良久，才向他道別。當我們步向遠處的小石階時，我手裡的怪獸書女士終於不再哭泣了。我們先攀過怪獸們焦黑的屍體，最後來到樓梯間。裡面黑鴉鴉的，我們根本沒有照明設備，不知道得爬多久，也不知前方埋伏著什麼危機，只知道爸爸和我們的自由，就在樓梯上方，所以只能摸黑前進。

可惜的是，沒走多遠，卑鄙的吸瓦戈就從陰影裡跳了出來。那傢伙一直躲著，不敢面對麥可米勒的神力，他怕和許多其他魔王的奴才一樣難逃一死。可是這會兒他逮到機會了，吸瓦戈用章魚般的吸爪使勁一揮，將我

甩到樓梯間旁，從我手中奪走怪獸書女士。接著他朝著麥斯的臉，射出一顆噁心的黏球，一邊從麥斯身邊滑向深坑。

「怪獸書被吸瓦戈搶去了！咱們現在該怎麼辦？」麥斯邊問邊揉掉眼睛上的黏糊。

「哼，咱們有兩個麥無畏，怪獸卻只有一隻，咱們去好好教訓那個卑鄙的傢伙。」我恨透一味地擔心受怕，受夠老是被欺負了。「我們又不是沒打敗過更大的怪獸，咱們應該能搞定那隻爛蟲。走，去救咱們的朋友吧！」

「我同意妳的看法，先找找看有沒有能用的武器。」麥斯建議。我們四下搜尋，放眼淨是石頭，我們只好匆匆撿了一堆石頭，火速追向吸瓦戈。

「嘶──打開妳──嘶嘶──的腦袋，嘶嘶──我會──嘶──吸取妳的──嘶──祕密，妳──嘶──這個嘶叛徒。這個──嘶──機會──嘶──我等了幾百年，終於──嘶──可以當──嘶──新的──嘶──魔王了！」吸瓦戈憤怒地對怪獸女士尖叫。他從來沒有

吸過會說話的書，因此過程不太順利。那傢伙把整本書
含在嘴裡，我們拿石頭丟他的頭時，怪獸書的封面
都被他吸脫了。

「還我朋友！」我大叫。

「嘶──別靠過來。」吸瓦戈滿嘴塞書地
恫嚇說。他很氣我們三番兩次地朝他腦袋瓜扔石頭。

「嘶──否則我──嘶──就把她丟到──嘶──火
坑裡。」接著吸瓦戈從嘴裡拿出怪獸書，用觸角拎著。

「救我呀，梅妮薇！噢，求求你，麥斯，快救我
呀！」怪獸書女士叫道，她實在受不了被黏滑噁心的吸
瓦戈拎著。

「放開她，吸血蟲！」我氣急敗壞地大吼，並注意
到麥斯已經不再扔石頭了。這就怪了，因為他丟得比我
準。麥斯一臉若有所思的怪表情，把我拉近。

「梅妮薇，我想到辦法了。等我朝吸瓦戈走進第三
步時，你就立刻蹲到地上。記得哦，是第三步，別忘
了。」麥斯低聲在我耳邊說。我點點頭，接著他對吸瓦
戈大喊：「好啦好啦，我們不再丟你石頭就是了，咱
們來交換條件，你把書還給我姊姊，我的腦袋就借你

吸。」

　　我被麥斯的話嚇到了。

　　「嘶──休想！嘶──等我──嘶──吸光她書裡的每個──嘶──字，再還給你，嘶──到時你就──嘶──可以在她的──嘶──空白紙頁上──嘶──寫字啦。」吸瓦戈每說幾個字，就發出噁心的吸吮聲。

　　「麥斯，你在搞什麼？」我對他喊。

　　「梅妮薇，閉嘴。」他打斷我，用那種「按計劃進行，一切都在掌握之中」的表情看著我。麥斯轉頭對吸瓦戈說：「我腦子裡裝了很多回憶，吃起來也許很像巧克力布丁。你若不吸就太可惜了！你有沒有吃過巧克力布丁啊？那是我最愛吃的，你只要把怪獸書女士從火坑上拿開，我就讓你嚐一口。」麥斯說著往吸瓦戈踏進一大步。

　　「嘶嘶──聽起來還──嘶──滿不錯的。」吸瓦戈說，一邊想著我老弟的腦袋吃起來會是什麼味道。麥斯認命地乖乖低下頭，又朝怪獸邁進一步。

　　「聽我說，這交換很公平，你只要

把怪獸書女士丟給我姊，我就親自將頭送到你嘴裡讓你吸。想想我那些恥於回想的回憶或糗事有多麼可口吧。光是我那些祕密，吃起來就很像焦糖了，如果你不喜歡焦糖，我的恐懼吃起來應該也很讚喲！」麥斯繼續加油添醋地說。「我們只是小孩子，你反正遲早會從梅妮薇手裡把書奪回去的，你以前就得手過，自然能再搶回去，把書丟給我姊，嚐嚐我的腦汁吧。」

吸瓦戈不再猶豫，麥斯讓他相信他可以再次制伏我們，這招簡直是神來之筆。吸瓦戈抬起火坑上的怪獸書女士，朝我扔過來。

現在換我緊張了，麥斯接下來打算怎麼做？

「嘶——我照你——嘶——說的做了，嘶——麥斯。現在——嘶——過來讓我吃幾口吧。」吸瓦戈的口水流個不停。

　　「我一向說話算話。」接著麥斯踏出本姑娘等待已久的第三步。

　　我們兩人同時往地上一趴，我根本沒料到接下來會變成那樣，麥斯卻早已胸有成竹。我們一碰到地面，一根長長的綠色木矛便從我們後邊射過去，一舉射中吸瓦戈的胸口，那怪獸頓時動彈不得，痛得放聲大叫，一雙細腿踉蹌不已，吸瓦戈因自己如此輕易上當而又驚又怒。

　　看到趴在地上的麥斯僅離他腳邊幾吋，吸瓦戈想到一個可怕的主意。就算要死，他也絕不獨死，他要把我弟弟撕碎，直到自己嚥下最後一口氣為止，於是吸瓦戈彎身去抓麥斯。霎時，我跳起來衝過去給他一記飛踢，吸瓦戈被踢到無底洞的坑邊，墜入烈焰熊熊的火坑裡了。

　　「梅妮薇，不！不要！」麥斯大驚失色地叫道，可是太遲了，我已經踢中了。

　　「妳為什麼要那樣做？」麥斯噙著淚水問。

　　「為了救你一命啊。」我說，不懂麥斯為什麼一臉苦惱。

到底出了什麼事？他為什麼這麼不知感恩？我不明
白麥斯為什麼生氣。我還沒來得及弄清楚，整個人已被
兩隻巨大的綠手抓起來了——就是把綠矛擲向吸瓦戈胸
口的那雙手。

「梅妮薇。我真希望妳剛才沒那麼做。」米樂古嚴
肅地說。

「米樂古，你不是在*愛達蕾*上被吸瓦戈殺死了
嗎！」看到老友我好開心。馬許拉和斯巴拉克站在他
身後，斯巴拉克懷裡輕輕抱著我父親，爸爸臉上笑容可
掬。

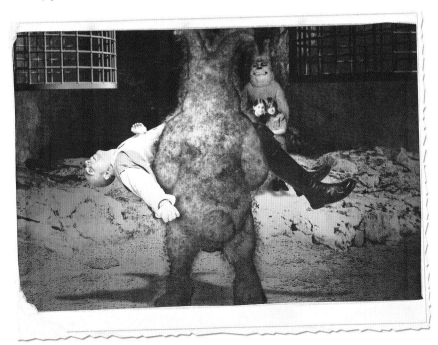

「爸！」我歡呼一聲，立刻衝上前，用最大的力氣抱緊爸爸，可是他的眼神卻凝住不變，對我一點反應也沒有，整個人像副麻木空洞的殼子一樣，臉上僵著冷硬的笑容，看起來好可怕。

「他為什麼會變成這樣？到底是怎麼回事？」我困惑而害怕地問。

「我們第一次跟吸瓦戈纏鬥時，米樂古跟我做心靈感應，我把發生的事告訴他，他說爸爸在他那邊，可是情況不太妙，我們得設法拖住吸瓦戈，等霉敦們趕過來。米樂古還解釋說，爸爸被吸瓦戈折磨太久，我們得榨取吸瓦戈的腦汁，才能讓爸爸恢復記憶。」熱淚從麥斯的臉上滾下來。

「我們需要吸瓦戈的頭，梅妮薇，妳卻把他踢進火坑裡了，爸爸永遠都會是這副模樣了。」

「天哪！我不曉得！」我的心都涼了，哭倒在父親冰冷的懷裡。「對不起，爸爸，對不起，都是我不好，我不知道……」

憂傷海

　　霉敦們回到洞裡搜尋生存者，但找不到活口。奇怪的是，他們也找不到麥可米勒或喳瑪咕洛的屍體，事實上，許多怪獸的屍體也匪夷所思地不見了。由於沒有怪獸阻擋我們，我們輕鬆地離開魔堡。

　　我們花了一天半的時間穿越骷髏沙漠，麥斯半句話也不肯和我說。他只跟米樂古做心靈溝通，每當我們眼神交接，他就撇開頭。父親的情況讓我自責不已，真希望這只是一場噩夢，卻又偏知道這不是夢。

　　夜裡霉敦們照顧我父親，白日我則分分秒秒地跟在他身邊，希望他能有所好轉。可是他除了臉上掛著假笑外，其他什麼反應也沒有。

　　等我們到了*愛達蕾號*後，麥斯看到自己的船一點也不興奮，也不想上去駕船，只是鬱鬱地默默躲進船長

室，鎖上門，不想讓自己暈船而已。

　　馬許拉和斯巴拉克為了安全起見，將爸爸放到船的前艙，然後跳下船，游在船的前方，享受他們熟知且熱愛的寧靜水域。米樂古負責發號施令，航向哨崗鎮。我偶爾跟他交談幾句，可是感覺上卻很勉強。也許是我太敏感了，可是我老覺得我們在談話時，麥斯在米樂古腦子裡說我的壞話，所以我很難享受米樂古的陪伴。怪獸書女士一直想安慰我，不斷告訴我父親的事不能怪我，但卻惹得我更傷心。

　　總之，憂傷的情緒籠罩著船上的每一個人。

　　那天晚上，哭了大約一個小時後，在輕輕搖晃的海浪快將我搖入夢鄉前，事情又再度發生了，我想我永遠

沒法習慣那種感覺吧。

　　周遭的世界突然不存在了，我再次感到自己快速穿越時空，進入一片漆黑裡，但實際上我根本沒有移動。我浮現在船上一小間點著燭光的房間裡，前面有張接連在船板上的小桌子，麥斯和米樂古就坐在桌子邊。怪獸書女士也在，她開心地躺在那個帶我來此地的霉敦手裡。

　　「既然大家都到齊了，咱們就開始動手吧。」

　　說話的是麥可米勒——以魔石先生的形貌出現。

　　「我知道有個辦法可以奪回你們父親的記憶。麥斯，不准你再對姊姊這麼壞，還有，梅妮薇，妳也不許亂使性子，否則我誰也不幫。」說著他用尾巴拍拍我們的臉。

　　再次看到壞脾氣的山狗，我高興都來不及，哪裡還在乎被他的尾巴掃得一嘴狗毛。

　　「好啦，就這麼說定了。我能拜託你們大家，幫我奪回曼菲德的記憶嗎？」魔石先生問。

　　「我會幫忙的。」米樂古說。

　　「一切聽你吩咐，甜心。」怪獸書女士柔情地說。

　　「我辦事你放心啦。」麥斯說，臉上終於恢復了笑容。

　　「那麼妳呢，梅妮薇？」魔石先生不耐煩地晃著尾巴笑說。

　　「當然可以啦！」我大聲答道，心中充滿希望。

　　魔石先生點點頭，「很好，咱們去把你們媽媽叫醒吧！」

THE END

打怪家族
麥無畏的打怪回憶

原著書名／The Monstrous Memoirs of a Mighty McFearless
作　　者／阿魅‧札巴（Ahmet Zappa）
翻　　譯／柯清心
責任編輯／何宜珍
特約編輯／鄭靜儀
美術設計／林家琪

發 行 人／何飛鵬
法律顧問／台英國際商務法律事務所 羅明通律師
出　　版／商周出版
　　　　　城邦文化事業股份有限公司
　　　　　臺北市中山區民生東路二段141號9樓
　　　　　電話：(02) 2500-7008　傳真：(02) 2500-7759
　　　　　E-mail：bwp.service@cite.com.tw
發　　行／英屬蓋曼群島商家庭傳媒股份有限公司　城邦分公司
　　　　　臺北市中山區民生東路二段141號5樓
　　　　　書虫客服服務專線：02-25007718、02-25007719
　　　　　24小時傳真專線：02-25001990、02-25001991
　　　　　服務時間：週一至週五上午09:30-12:00；下午13:30-17:00
　　　　　讀者服務信箱E-mail：service@readingclub.com.tw
　　　　　劃撥帳號：19863813 戶名：書虫股份有限公司
　　　　　歡迎光臨城邦讀書花園 網址：www.cite.com.tw
香港發行所／城邦(香港)出版集團有限公司
　　　　　香港 灣仔 軒尼詩道235號 3樓
　　　　　電話：(852) 2508 6231或 2508 6217 傳真：(852) 2578 9337
馬新發行所／城邦(馬新)出版集團
　　　　　Cite (M) Sdn. Bhd. (45837ZU)
　　　　　11, Jalan 30D/146, Desa Tasik, Sungai Besi, 57000 Kuala Lumpur, Malaysia.
　　　　　電話：603-90563833　傳真：603-90562833

印　　刷／卡樂彩色製版印刷有限公司
總 經 銷／農學社
　　　　　電話：（02）2917-8022　傳真：（02）2915-6275

行政院新聞局北市業字第913號
2008年（民97）4月初版
定價280元
ISBN 978-986-6662-43-0
Printed in Taiwan

城邦讀書花園
www.cite.com.tw

國家圖書館出版品預行編目資料

打怪家族--麥無畏的打怪回憶/
阿魅‧札巴(Ahmet Zappa)著. - - 初版
- -臺北市：商周出版：家庭傳媒城
邦分公司發行,民97.04
面； 公分.
譯自：The Monstrous Memoirs of a
Mighty McFearless
ISBN 978-986-6662-43-0（平裝）

874.57　　　　　　　　　97004630

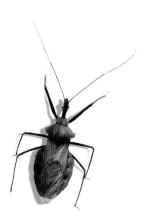